D E A R + N O V E L

コンティニュー?

いつき朔夜
Sakuya ITSUKI

新書館ディアプラス文庫

S H I N S H O K A N

コンティニュー？

目次

イラストレーション／金ひかる

コンティニュー?

絢人《けんと》は疲れきった体をひきずるようにして、わが家に帰ってきた。雨は宵《よい》の口に上がっていたが、梅雨《つゆ》どきのこととて空気がじっとり重い。

コーポの一階部分は階段を挟《はさ》んで両側に二軒ずつのこぢんまりした造りで、どの部屋にも若夫婦が入居している。絢人の住まいは、階段のすぐ横だ。玄関には灯《あか》りがともっていたが、鍵《かぎ》を開けて入った室内は真っ暗だった。そのことには何の不思議も感じなかった。残業はほとんど毎日のことで、今日のように、日付の変わらないうちに帰れるのが珍しいくらいなのだ。これでは、妻に起きて待っていろという方が無茶だ。まして、まだ九ヵ月の赤ん坊もいるのだし。

絢人はふと首をかしげた。ひどく静かだった。寝静まっている、というのとも違う空気が漂《ただよ》っている。何より、夜中によくぐずっているはずの赤ん坊の声が聞こえない。

絢人はダイニングを右手に廊下を進んで、突き当たりの寝室に入った。見ると、夫婦のベッドばかりか、窓際のベビーベッドも空《から》だった。

——いったいどこへ出かけてるんだ。

泣く子をあやすために外へ出るにしても、この時間では不用心すぎる。駐車場に妻の赤い軽自動車はあっただろうか。眉をひそめてダイニングに行き、電気をつけると、食卓の上に置き手紙のようなものがあった。

『お帰りなさい。夕食は冷蔵庫にシチューがあります。美里《みさと》はお隣の奥さんに、あなたが帰るまでという約束で預かってもらっています。離婚届は封筒の中です。さようなら』

傍線がなかったら、見過ごすところだった。

「なんだよ、これ」

ひと呼吸おいてまた叫んだ。

「なんだよ、これーっ！」

むろん、その悲鳴のような問いに答えはなかった。

絢人はもう一度置き手紙を見直し、あたふたと外に出た。おそるおそる隣のインターホンを押すと、部屋着姿の女が、眠っている赤ん坊を抱いて不機嫌な顔で出てきた。

「今度だけですよ」

あたりをはばかる低い声で言って、絢人の腕に美里を渡す。

「どうも、すみませ……」

言いかける鼻先で、ドアはぴしゃっと閉まった。

家に入ってベビーベッドに寝かそうとすると、美里は目を覚まして泣き出した。不器用にあやしてやっても、連日帰りの遅い父親の顔を見忘れたのか、そっくりかえって泣きわめく。非常識な時間だとは思ったが、美里の泣き声に背中を押されるように、妻の実家に電話を入れた。

義姉は疲れた声で嫌味たっぷりに言った。

『花苗《かなえ》さんは来てませんよ。来るわけないでしょう。……何ですって？　赤ちゃんを？　冗談じゃありません。うちにも手のかかる子が三人もいるんですよ。その上義父《ちち》の介護もしてるんですからね！』

花苗の実家は長野《ながの》にあるが、母はすでになく、体の不自由な父親と兄夫婦が一緒に暮らしている。しかも花苗は兄嫁と折合いが悪いときている。正直、そこに身を寄せているとは思えなかったが、花苗を捜し出すまで美里を預かってもらえればと思ったのだ。しかし、やはり日ごろのつきあいがないと無理のようだ。そして、絢人自身も身内に縁が薄かった。誰を頼ることもできないのだと思うと、暗澹《あんたん》たる気分になった。絢人は赤ん坊と二人、ほとんど眠れぬ夜をすごしたのだった。

朝になっていくらか気を取り直した絢人は、思いついて花苗の結婚前の友人に連絡をとってみた。といっても、二人しか知らないのだが。

『今はあまりつきあってないのよ。子供ができるとなかなかねえ。ママ友達に訊《き》いた方がよくない？』

ママ友達。ニュアンスはわかるが、まったく心当たりはない。それでもいちおう礼を言い、もう一人にかけてみた。こちらはもっと辛辣《しんらつ》だった。

『こんなこと言ってなんだけど。結婚記念日にまで、断れなくて仕事入れるような人だって。あたしと結婚したのも断れなかったからに違いないってこぼしてたわよ。優しい人だと思ったのに、ただの優柔不断だったって。……ごめんなさいね、でも花苗の気持ちもわかるの。女って放っとかれるとねえ』

その口ぶりは、花苗に男がいてもおかしくないと言わんばかりだった。それではもうよりを戻すのは無理なのかと思うと、冷え冷えしたものが胸をよぎった。その一方で、花苗が赤ん坊を捨てて男に走る女だとは、どうしても思えなかった。自分にしても、それほど悪い夫だったろうか。煙草《たばこ》は吸わず酒もたしなむ程度で、ギャンブルだの自分の趣味だのに大金をつぎ込んだりもしない。暴力どころか、声を荒らだてることさえしなかった。何の落ち度があって、妻に逃げられねばならないのか。

だが、そのことにばかりこだわってはいられなかった。子供の方が差し迫っていたからだ。隣の奥さんは、また預けられては面倒とばかり、朝早くから出かけてしまっていた。絢人は会社に病欠の連絡を入れ、その日は一日、美里の面倒を見た。そして、たった一日で音《ね》を上げた。

「カンベンしてくれよ。泣きたいのはこっちの方だ」

美里はほとんどひっきりなしに泣いていた。おむつはどうにか替えた。しかし、離乳食はろくに食べてくれなかった。瓶《びん》から直接でなく人肌に温める必要があったのだが、絢人にはそんなことはわからない。美里の機嫌が悪いのは、じめじめと蒸し暑いのに厚着させているからなのだが、それもやはりわからなかった。なにしろ、まともに赤ん坊の世話などしたことがないのだ。

「何が気に入らないんだよ。頼むよ、寝てくれよおおお……」

二日目の夜もまた、こうして更《ふ》けていった。

——そうだ、保育所というものがあるじゃないか。

それで何もかも解決したような気になったが、甘かった。恥をしのんで事情を話し、何とか美里《みさと》を入れてもらった駅前の保育所からは、頻繁《ひんぱん》に電話がかかってきた。初めて集団生活に入った美里は、片っぱしから病気をもらってくるのだ。突発性発疹《はっしん》。プール熱。水いぼ。とびひ。そういう病気の子供を、保育所では預かってくれない。だから美里が病気をするたびに、絢人《けんと》は会社を早退したり休んだりしなくてはならなかった。

人員削減のあおりで誰もがオーバーワークの職場では、気の毒がられたのも最初のうちだけだった。結局一ヵ月余りで絢人は会社をクビになった。慌てて就職活動に駆け回ったが、前の会社を辞めさせられた理由を知ると、どこも雇ってくれなかった。さらに二ヵ月が過ぎたが、絢人は無職のままだった。使えるコネは全部当たった。最後の頼みの綱、高校の先輩の紹介してくれた広告代理店の面接に臨んだのは、もう秋風のたつころだった。

絢人は出がけに、雑居ビルの二階にある保育所に寄った。

「いつものようにお願いします。二時間ほどで戻りますから」

月ぎめで預けると保育料もバカにならない。このごろは、ハローワークや就職の面接に行くときだけ預かってもらっている。おかげで、絢人もだいぶ育児に慣れてきていた。そうなると、美里を可愛《かわい》いと思う余裕もでてくる。夜泣きするときは自分のベッドに連れてきて、腕枕で寝かせてやる。遠い記憶をたどって、いいかげんな歌詞の子守唄を歌ってやったりもしていた。

保育所のスタッフは事務的に美里を抱き取って、奥へと連れて行った。絢人は靴を履《は》こうと玄関ホールで身をかがめた。その時、火のついたような泣き声が急接近してきた。

「ちゃーちゃ、ちゃーちゃ、ちゃーちゃ」

美里が必死で這《は》ってくるのだった。三ヵ月前には、父親の顔を見ても喜びもしなかった子が。胸が詰まった。絢人は靴を脱ぎ捨てて抱き上げた。

——こいつには、もう俺しかいないんだ。

美里は涙でぐしゃぐしゃになった頬を絢人の胸元に擦《す》りつけ、小さな手でしがみついた。その手はいくらか熱っぽかった。

「ごめんな。パパ、今度こそ仕事見つけてくるからな。いい子で待っててくれよ……」

しがみつく小さな手をもぎ放すにしのびなくて、泣き止むまで抱いていた。

それから慌てて駅のホームに走ったが、乗るつもりだった急行電車はもう出てしまっていた。やむなく次に来た各駅停車に乗り込み、絢人は窓の外と腕時計を交互に見やった。

到着駅ではドアが開ききらないうちに飛び出し、階段を二、三段ずつすっ飛ばして、その勢いのままにめざす会社へと走る。息を切らせてたどりついた絢人に、人事部長はしぶい顔で、

「約束の時間を三十分も過ぎてるじゃないか。就職を頼みに来るのに遅刻とは、余裕だねえ」

つかえつかえ事情を話すと、いっそう苦い顔になった。紹介してくれた先輩は、絢人の家庭の事情は伝えていなかったらしい。

「それじゃ君、こっちは乳飲《ちの》み子抱《かか》えた女を雇うようなもんじゃないか。気の毒とは思うが、うちは慈善団体じゃないんだよ」

奥のテーブルで話していた来客らしき男が衝立《ついたて》ごしに興味ありげにのぞき込んできたが、うなだれていた絢人は気づかなかった。

肩を落として人事部を出た。エレベーターホールに足を向けようとすると、背後から響きのいいバリトンに呼びかけられた。

「君。こっちに直通があるよ」

振り向くと、三十代半《なか》ば、眉のきりっとした精悍《せいかん》な顔だちの男が手招きしていた。

「ありがとうございます」

会釈《えしゃく》してついてゆく。突き当たりを曲がったところに、なるほど一基あった。

「あ。これVIP用……」

求職に来て、しかも落とされた自分が乗るわけにはいかないだろう。ためらっていると、

「いいんだ、私がVIPだから」

男はいたずらっぽく片目をつぶって下りのボタンを押した。絢人は思わず釣り込まれて笑っ

た。ココアブラウンのかっちりした仕立てのスーツが、長身によく映《は》える。自分との身長差から見て、一八五はあるだろう。肩幅が広いのは、何かスポーツをやっているのかもしれない。

やがて、チン、と音がしてマホガニー色の扉が開く。促《うなが》されて乗り込むと、上等の絨毯《じゅうたん》が敷きつめてあった。来たとき乗った一般客用の無味乾燥なエレベーターとは大違いだ。もの珍しく見回してしまう。男はなぜかボタンを押そうとはせず、扉が閉まると同時にこう言った。

「君、仕事を探してるんだって？　力になろうか？」

えっ、と絢人が目を大きくして見上げると、相手はすいと顔を寄せてきた。

「内緒の話」

思わず傾けた耳に聞こえてきたのは、ちゅく、と湿った音だった。耳朶《じだ》を甘噛みされていると気づくのに、ちょっと時間がかかった。

「ちょっ……な、なにを」

もたもたと鞄《かばん》を持ち替えて押しのけようとしたが、相手はびくともしない。逆に、エレベーターの壁に絢人を押し付けるようにして、がっちりと囲い込んできた。

「じっとして」

耳もとに囁《ささや》いて、硬直している絢人の首すじに唇を這わせる。その途端、うなじの毛がぞわっと逆立った。

——冗談だろーっ！

絢人はうろたえてもがきながら、上ずった声で訴《うった》えた。

「あのっ、すいません、俺、いや私は、そういう趣味は」

「いいんだ。私の趣味だから」

――さっきも何かそんなこと言ってなかったか、この人。

だが、今度は笑えない。相手は押しが強いというか、聞く耳もたないというか。このままではえらいことになるという危機感にかられ、断固として抗議しようと開いた口に、外国煙草《たばこ》の匂いのする唇がかぶさり、舌をねじ込まれた。

「んっ、んん……」

手に持っていたブリーフケースが絢人の足元に落ちた。同時に加速が始まり、一瞬体がふわりと浮く。誰かが下でボタンを押したのだろうか。男にキスされているというのに、そんなことを考えている自分が不思議だった。加速はすぐに、胃を引っ張られるような落下感に変わった。唇がずれて離れる。チン、と音がして扉が開いたとき、男は絢人の鞄を拾って差し出していた。

「続きは後で」

ぺろりと唇を舐《な》める様子はご馳走《ちそう》を喰った後の肉食獣のようだ。乗ってくる客を避け、しなやかに身をひるがえしてビルの外へと歩み去る姿も、どこか獣《けもの》を思わせた。

絢人はエレベーターの箱から踏み出したままその場に取り残され、しばらくぼーっとしていた。またもや職にありつきそこなったという落胆《らくたん》も、驚きのあまり吹っ飛んでしまった。

ふと手元を見ると、鞄の持ち手と一緒にいつのまにか一枚の名刺が握らされていた。

『株式会社タキオン
代表取締役　藤堂克己《とうどうかつみ》』

「代表取締役……ってことはつまり社長？」

それにしては若い。だが、いつだったかデパートの英国フェアか何かで、ああいうスーツを見たことがある。してみると、金回りは良さそうだ。ベンチャー企業なら、あの年で社長ということも考えられる。少なくとも、ＶＩＰ用エレベーターに乗る資格はあるのだろう。何気なく名刺を裏返すと、走り書きがあった。

『今夜九時　エルガーラホテル』

絢人は眉をひそめて、その勢いのいい文字を見つめた。

――どこかの社長と引っかかりができたと喜ぶべきなんだろうか。いや喜べないぞ。エレベーターの中でのセクハラ行為からして、あれはその手の人種だ。ホテルに来いというのは……つまりそういうことだ。就職を世話する見返りにカラダを差し出せ、と。

そのときなぜか、時代劇の一場面が頭に浮かんだ。

あんどんの陰にうつむく町娘。

『魚心あれば水心。さあさあ』

小太りの悪徳商人が襖《ふすま》をからりと開けると、枕が二つ並んだ床《とこ》がのべられていて――。男に誘われたことなどないから、おかしな想像をしてしまう。絢人はふるふると頭を振った。

「冗談じゃない！　俺はそのケはないんだ。何が悲しくて男になんかっ」

絢人は名刺を握りつぶすと、受付のそばのゴミ箱に放り込んでビルを出た。さっきは青ざめ、息せききってたどったルートを、今度は肩を怒らせて引き返す。

電車に乗ったり降りたりして保育所まで来る間に、あの傍若無人《ぼうじゃくぶじん》な男への腹立ちはだいぶ鎮《しず》まっていた。階段を駆け上がり、玄関で名乗ると、アルバイトらしい不慣れな感じの若い女が、顔を泣きはらした美里を抱いてきた。美里は絢人に抱きつくなり、すやすやと寝息をたてた。昼寝の時間をとうに過ぎていた。

「ごめんな。もっとちゃんとしたところに預かってもらって、規則正しい生活ってヤツをしないとな。……つっても無職じゃなあ」

溜め息をつき、美里を抱き直して歩きだす。コーポは駅から十五分ほどだが、もうじき一歳になる寝入った赤ん坊を抱いて歩くとなると、ひどく長い距離に感じられる。眠ると急に増す赤ん坊の重さは、責任の重さだ。頼り切って眠っている美里の寝息が、かえって不安を誘った。

――今のままで俺は、この子をちゃんと育てていけるんだろうか。

コーポに戻り、寝室に入って美里をベビーベッドに寝かすと、絢人は今は自分一人のものとなったベッドに倒れ込んだ。疲れていた。何もかも投げ出してしまいたいほどに。そのとき、

「どうせ投げ出すのなら」という考えが浮かび上がってきた。

名刺は捨てても、男の名前とホテルの名前はしっかり頭に残っていた。いっそ覚えていなければ、こうして来ることもできなかったのだが。

エルガーラホテルは都心にほど近い、落ち着いた雰囲気のシティホテルだった。いかがわしいホテルではないことに、絢人はいくらかほっとした。フロントで藤堂の名を出すと、年配のホテルマンは部屋に電話を入れたうえで、「416号室でお待ちです」と取り次いでくれた。

エレベーターで客室のある階に上がり、そっと見回したが、暗い臙脂色《えんじいろ》のカーペットが敷かれた廊下に人影はなかった。416と金文字の光るドアの前に立ち、絢人は自分に言い聞かせた。

――なんてことないさ。妊娠《にんしん》するわけじゃないんだからな。ちょっとの間、目をつぶってりゃいいんだ。男同士なんだから、手っ取り早くパパッと済むだろうし。少なくとも、口の臭《くさ》い脂《あぶら》ぎったオヤジでないだけ助かった。俺は煙草は吸わないが、あの匂いは嫌いじゃない。

そのとき、身なりのいい若い女が、廊下に立ちつくしている絢人に不審の目を投げてすり抜けた。絢人はごくっと唾《つば》を呑み、ドアをノックした。

「どうぞ」

昼間、エレベーターの中で耳もとに囁いた声。ぞくりと体の奥で何かが蠢《うごめ》く。

「失礼します」

ドアを開けて一歩踏み込み一礼し、ドアを閉めようと向けた背が後ろから抱きすくめられる。わっと声が出そうになった。猛獣のような、という藤堂の第一印象は当たっている。むちゃくちゃ強引で動きが速い。そのままうなじに舌を這わされると、膝から力が抜けていく。

──俺、そこ、弱いのかも。

初対面でもそう思ったが、この男にはずるずる引きずられてしまいそうな変なパワーがある。なしくずしにベッドに連れ込まれる前に、言うだけのことは言わなくては。絢人はぐっと踏ん張って、茶封筒を相手の顔の前に突き出した。

「これ、履歴書です」

さすがに気を削《そ》がれたのか、腕が緩《ゆる》んだ。すばやく腕の輪から脱出して、相手の目を捉《とら》える。

──確約をとっておかなきゃ、やられ損になる。馬鹿正直と優柔不断で損をするのは、もうたくさんだ。

「あなたの言うことを聞いたら、ほんとに仕事を世話していただけるんでしょうね？」

藤堂は、ふっと笑った。

「言うことを聞く。面白《おもしろ》いフレーズだな。君もそうは思わないか。何だか下手《へた》なスピーチでも無理やり聞かされるみたいだ」

退屈な会議で息抜きをするような調子で言う。絢人は一瞬、ここがホテルの一室であることを、上掛けの折り返されたダブルベッドがそこにあることを忘れた。

——妙なことを考える人だな。そんな疑問持ったことないぞ、俺は。しかし、うん、たしかにヘンだな。なんで身をまかせることを「言うことを聞く」と言うんだろ。

そんなことを考えているうちに、封筒は手から抜き取られ、ついでにスーツの上着もネクタイもはぎ取られていた。

絢人は慌てて言質《げんち》をとろうとした。

「約束を」

見かけより厚い藤堂の胸板を必死に押し返す。

「わかってる。悪いようにはしないから」

藤堂はようやく、絢人を納得させる言葉をよこした。欲望にたぎるというよりは値踏みするような、妙に冷静な瞳がかえってそれを信じさせた。力を抜くと、絢人はそのまま半《なか》ば抱えられるようにしてベッドに押し倒された。

藤堂は、絢人のシャツの裾《すそ》をズボンから引き抜きながらボタンをはずしていく。そして、前を全部はだけたところで苦笑した。

「ワイシャツの下にランニングとは色気のない話だな。まさかアニメ柄のトランクスなんぞ穿《は》いてないだろうね」

絢人はまた調子を狂わされて、首をかしげた。

——どうしてわかるんだろう。確かにペカチュウの柄だけど。

すかさずランニングがたくし上げられ、熱い乾いた手のひらが、藤堂とは対照的に薄い絢人の胸を這いまわる。色の淡い尖《とが》りを指の腹で転がされると、声が漏れそうになった。思わずそれをこらえると、からだの芯がきゅっと絞り上げられるような気がする。

——なんだ、これ？

男がペニス以外のところでも感じるとは知らなかったのだ。とまどっているうちに、藤堂の唇は喉から鎖骨へとさまよい、もう一方の手はベルトを抜いてズボンの中に入り込んでくる。恋愛感情のない相手に触れられているのに、肌は勝手に熱くなる。そして、藤堂が手を動かすたびにズボンが衣《きぬ》ずれの音を立てるのが、ひどく気恥ずかしかった。

「あの、これ、脱いじゃいけませんか」

「ほう。けっこう大胆だな」

見直したといわんばかりだ。そんなつもりではないのに、と焦《あせ》って言い直す。

「いえ、あの、なんか中途半端に服が絡まってると、よけい恥ずかしいんで」

藤堂は真面目《まじめ》くさってコメントした。

「その方が淫靡《いんび》だが」

「い、いんび？」

かあっと頬が熱くなる。このぶんだと、頬も鮮やかに染まっているだろうと思った。なおさら恥ずかしい。

「えらく免疫《めんえき》がないんだな」

含み笑いを漏らして、藤堂は、いったん絢人を解放した。

「脱ぎなさい。——全部」

そう言いながら、自分も手早く着ているものを脱ぎ捨てた。着痩《きや》せするたちなのか、がっちりしているのは肩だけではなかった。よく発達した胸筋が、ぜい肉を削ぎ落としたように滑《なめ》らかな腹へと続いている。どこか水泳選手を思わせる体型だ。絢人は自分のからだの貧弱さが急に気になった。ペカチュウのトランクスを隠すように丸めて足元に落とす。顔を上げると同時に、再び抱きすくめられた。そのまま押し倒される。

「細いな」

たしかに、藤堂の腕はゆとりをもって絢人のからだを包んでいる。

「ご不満ですか」

「いや。ちょうどいい抱き心地だ。グラマラスな女には食傷気味でね」

巨乳にも飽《あ》きたし、と付け足して、藤堂は絢人の小さな乳首を唇できつく挟《はさ》んだ。そして舌先でつつくように舐《な》める。そのとたん、さっきの絞り上げられるような感覚が奔流《ほんりゅう》になって押し寄せてきて、絢人はもう声を抑えることができなくなった。

「あっ……あっ……や、んっ……」

自分の声とは思えない甘い響きに、絢人はますます火照《ほて》ってきた。

「免疫《めんえき》ないくせに感度はいいな」

藤堂は満足そうに呟くと、絢人の股間《こかん》に手をすべり込ませてきた。冷たいぬるりとしたものが後ろの穴に塗り込まれる。反射的に声が出た。

「うひゃあっ」

「なんて声出すんだ。ムードのない奴《やつ》だな」

藤堂はからだを起こして、呆れたように絢人を見下ろしてきた。

「だっ、だって、気色わる……」

「気色悪い、じゃすまんことをしに来たんだろうが」

頭ごなしな言い方に、ついむきになってやり返す。

「いえ、されに来たんです」

「へらず口を」

藤堂はそう言うなり、あの独特の香りのする唇を押しつけてきた。当然のように絢人の歯列を割り、口蓋《こうがい》から頬の内側を舐め回してくる。くねる舌から逃れようともがくうち、濡れた指は後ろでくちゅくちゅ音をたてていた。上と下から柔らかい粘膜《ねんまく》をこねまわされて、絢人は何を考える余裕もなく、ただ翻弄《ほんろう》された。指はいつのまにか二本に増え、第二関節のあたりまで絢人の中にもぐっていたが、痛みはなかった。

「そろそろいいだろう」

指が抜かれて異物感が消えた。ぎゅっと閉じていた目を開けると、自分の足の間に陣取った藤堂の裸体が、避けようもなく視界に飛び込んできた。体格に見合ったたくましいものが、引き締まった腹につくほど反り返っている。今さらながら恐怖を感じた。

――この人のアレは俺とは比べものにならないくらいでかい。俺は柄が小さいから、受けるとこも小さい。反対なら楽なのに。

怖さがきわまって、かえってバカなことを考えてしまう。

藤堂は絢人の怯《おび》えには斟酌《しんしゃく》せず、膝頭を摑んで大きく開かせた。腰を入れ、先端をオイルでぬめる窄《すぼ》まりにあてがう。根元を支えて何度か突いたが、うまく入らないようだ。

「角度がまずいんだな」

呟くと、枕の一つをとって、絢人の細腰の下に押し込んだ。

――なんて格好だ。美里がオムツを替えられてるときみたいじゃないか。

思わず、腕を上げて顔を覆《おお》った。だが、恥ずかしさなど感じている場合ではなかった。脈うつ熱い塊《かたまり》がそこに埋《うず》められたとき、めりっと音がしそうな衝撃が襲った。

「ひっ……!」

「きつきつだな」

藤堂も心なしか眉をひそめている。

「バージン並みだな。……いや、これも一種のバージンか」

藤堂の視線をたどって結合部に目をやったとき、絢人は泣きたくなった。まだほんの先端しか収まっていないようなのだ。

――無理。絶対、無理っ。

上にずりあがるように逃れようとした。だが腰を浮かされて力が入らないところに、この体格の差である。腰骨を節の太い指に摑《つか》まれ、やすやすと引き戻される。そして、侵攻を再開した藤堂の雄《オス》の張り出した部分は、強引に柔らかな襞《ひだ》を押《お》し拡《ひろ》げてきた。

「くうっ……ん、ん……!」

苦痛のあまりそらした喉に唇が降ってくる。すると、絢人の腰椎《ようつい》に妙なざわめきが走った。

「ふ……ああ……」

吐息《といき》が漏れると同時に、ずくん、と一気に奥まで貫かれていた。

「……っ」

熱い。声も出ない。絢人には、浅く速い呼吸で痛みを逃がすのが精一杯だった。この呼吸は何かに似ている、と思った。そうだ、花苗《かなえ》が練習してたラマーズ法。

藤堂も、ふうっと太い息を吐いた。楽しんでいるというよりは、どこか難業をやりとげたといった感じだ。片肘《かたひじ》でからだを支えて、絢人の額から、冷たい汗にもつれた髪をかき上げた。

いっぱいいっぱいに拡げられたそこはじんじん痛んでいたが、耐え難いほどの圧迫感に、絢

人は少しずつ慣れてきた。

絢人の息づかいが静まるのを待っていたように、藤堂は、一つ腰を揺すった。

「あっ、あっ、だめ！」

絢人は上ずった声を上げた。

「う、動かさないでくださいっ、やっと落ち着いたのに」

必死で藤堂の腕を摑むと、相手はやれやれという調子で言う。

「熱い風呂に入ったガキみたいなこと言うなよ。動かなきゃずっとこのままだぞ？」

「そんな……」

つい泣き声になる。藤堂が果てなければ解放されないとはわかっているが、とても耐えられそうもない、と思った。

「だから、カタをつけなきゃ仕方ないだろう。ちっとは辛抱《しんぼう》しろ」

バージンより手がかかる、と藤堂は口の中で呟き、

「ゆっくりじわじわがいいか、激しくても早い方がいいか」

「なるべく早く済ませてください……」

絢人は消え入るような声で言った。

「よおし、いい覚悟だ」

藤堂はぐいと絢人の腰を抱え直し、力強いうねりで突き上げる。

「ひ、ああっ……！　い、いた、やっぱり、ゆっくり！」

「今さら無理だ。ギアチェンジできん」

無情に言い放つと、藤堂はさらに動きを速めた。絢人は藤堂の胸に突っ張っていた腕を、いつのまにか相手の背に回していた。自分を苦しめている張本人であれ、すがりついていなければ、意識が飛んでしまいそうだった。

やがて、深く食い込んだ楔《くさび》がびくんびくんと震えて精を放つのがわかった。解き放たれた熱いものが行き場を失って絢人の中であわだつ。それと同時に、藤堂のものはいくぶんやわらいだ。絢人は、はあっと深い息を吐いた。

「今ごろ緩《ゆる》めてどうする。その息遣《いきづか》いをもっと早くやってればよかったんだ」

藤堂のものが抜かれるとき、びりっと電流のようなものが走った。絢人はもう一度、短く喘《あえ》いだ。藤堂はからだを起こし、自分のものを手早く始末すると、ぐったりしている絢人の方にかかった。腰の下から枕が抜かれ、ティッシュがあてがわれる。絢人は、もうそれを恥ずかしいとも感じなくなっていた。藤堂は、自分と絢人の裸のからだに上掛けをかぶせて横になった。

どのくらい脱力していただろう。絢人はがばっと起き上がって、枕元に置いた時計を掴んだ。その瞬間、尾てい骨のあたりから背中まで、痛みが走った。

「うっ……く」

並んで横たわっていた藤堂が、いぶかしげに頭を持ち上げた。

「何をバタバタしてる。きついだろう。少し休んでいけばいいじゃないか」

「いや、ダメです。子供を迎えに行かないと」

絢人はふらふらとベッドを下りた。藤堂の顔に、あ、という表情が浮かんだ。むっくりと起き上がり、頭を掻《か》く。

「そうか。そうだったな。それで『なるべく早く』か。今、子供はどこに?」

「この近くのベビーホテルに。基本料金二時間分しか払ってないですから」

動くたびにつきんと痛みが走る。顔をしかめながら、脱ぎ散らした衣類を身につけていると、藤堂は唐突に訊《き》いてきた。

「君、家はどこ?」

「六郷土手《ろくごうどて》です」

「車?」

「いえ。車はもともと女房が乗ってたんで」

それを聞くと藤堂は、気の毒そうに呟いた。

「その体で子供抱いてJRに私鉄乗り継ぎか。泣き面《つら》に蜂だな」

そして、ベッドから出て自分も身支度《みじたく》を始めた。

「……ちょっと待ってろ。送るから」

眠りかけている美里を抱いてベビーホテルから出てくると、藤堂は通用口で待っていた。車は表通りに停めてきたらしい。大股《おおまた》に歩み寄ってきて、

「重いだろう。抱こうか？」

ごく自然に手を差し出してくる。絢人はやんわりと断った。

「抱き手が替わると目を覚ましますから」

藤堂はそれを聞いて手を引っ込めたが、ＳＰが守りを固めるように絢人の脇に寄り添ってきた。そのまま肩を並べて表通りまで歩いた。車のところに来て助手席に回ろうとすると、

「後ろに乗りなさい。子供にはその方が安全だろう」

そう言いながら、ドアを開けてくれた。子持ちには見えないが、よく気が回るなと感心してしまう。ありがたく乗り込むと、藤堂はすぐには車を出さず、後部座席を振り向いてのぞき込んでくる。

「可愛い子だな。パパ似かな。睫毛《まつげ》が長くて色白で」

「――ロリコンの趣味まであるんじゃないでしょうね」

絢人は警戒心もあらわに、美里をきつく抱き締めた。藤堂はくすりと笑ってエンジンをかけた。バックミラーに映《うつ》る目はどこか温かだった。

「蒲田《かまた》のあたりまではわかるから、後は道を教えてくれよ」

そう言われたのに、膝に抱《かか》えた子供の体温が心地よくて、いつのまにかうとうとしてしまっ

た。「おい。そろそろ多摩川《たまがわ》だぞ」と声をかけられて、慌てて目をこすり、指示を出す。もう家は間近だった。

「あ、そこです。そのクリーム色の」

車はコーポの前でぴたりと停まった。絢人が美里を抱いて降りると、藤堂は運転席から頭を突き出して、

「明日、会社の方に来てくれるか？　できれば午前中に。子供連れでもかまわない。仕事の契約をするだけだから」

疑っていたわけではないが、はっきり契約という言葉を聞いて、絢人は弾《はず》んだ声を上げた。

「あ、はい。ありがとうございます！　で、どういう職種なんでしょうか？」

藤堂はひと呼吸おいて、気をもたせるように言った。

「ま、サービス業だな。時間が自由になるから、君の条件にぴったりだと思うよ」


ビジネススーツにベビーキャリーは、オフィス街ではさすがに浮いている。すれ違う男たちはちらりと怪訝《けげん》そうな視線を投げてくるだけだが、揃《そろ》いの制服姿で連れ立って歩くOLなどは、露骨《ろこつ》にくすくす笑ってつつきあう。絢人《けんと》はやはり美里《みさと》を預けてくるべきだったかな、と思った。

だが連日不規則な時間に預けられるのじゃ、あんまり美里がかわいそうだ。

絢人は、自分を励《はげ》ますように胸を張った。

――何が恥ずかしいもんか。昨夜あの男とやったことを考えたら、もう怖いものなしだ。二十六年生きてきて、まさか男に突っ込まれるとは思わなかったよ。

抱っこより視界が広いのが嬉しいのか、美里は背中できゃっきゃっと笑っている。やっぱり連れてきてやって良かったと思いながら、絢人は渡されていた地図を頼りに藤堂《とうどう》の会社を探した。

タキオン社は、表通りから一つ奥に入った通りの中層ビルの中にあった。キャリーを背負ったままエレベーターに乗り、言われたとおり六階で降りる。同じフロアの半分には別会社が入っているようだ。それほど大手ではなさそうだが、このさい贅沢《ぜいたく》は言えない。

矢印に従って廊下を曲がり、受付の小さなブースに腰かけている若い女子社員に声をかけた。

「麻生《あそう》絢人といいます。社長に面会の約束をいただいているのですが」

彼女にはもう話が通っていたのだろう。子供をおぶった姿に奇異の目も向けず、インターホンで「おみえになりました」と告げると、席を立って案内してくれた。

彼女のノックに、社長室の中から昨夜と同じ声が応《こた》えた。「失礼します」という自分の言葉も昨夜と同じで、絢人は妙な気がした。

藤堂は絢人を見ると、

「やあ、いらっしゃい。……体はどう。もう平気かな？」

気さくに腰を上げ、大きな机を回り込んで、部屋の中央の応接セットの方へ出てきた。おかげさまで、というのも変だ。絢人は黙って頭を下げた。勧められたソファの横にキャリーを降ろして立てる。美里はキャリーの上で機嫌よく指をしゃぶっていた。

革張りのどっしりしたソファに腰を落ち着け、さっそく仕事の話に入ろうとして、絢人は、ここがどういう会社であるかすら知らないことに気づいた。自分のうかつさに呆《あき》れながら、おずおずと問いかける。

「あのう。聞き忘れてたんですけど、御社《おんしゃ》はどういう業種の」

「ゲームソフトの開発。外注が多いんで、社員じたいは少ないんだ。ただ、君にやってもらうのは直接社とは関係ない仕事でね。社長づき特別職というか」

藤堂は涼しい顔ですらすらと説明する。

――なんだろう、ひどく嫌な予感がするぞ。背中がざわざわする。この人の目を見てるとどうも……。

相手はにやっと笑って、こう締めくくった。

「ま、平たく言えば愛人」

「は――？」

とんでもない発言に、絢人はぽかんと口を開けた。

「昨夜は試食ということで。口に合ったんで契約を決めたというわけだ」

――力になるって……そういうことか。

握り締めたこぶしが震えた。

「冗談で言ってらっしゃるのでないのなら」

自制心を総動員して、絢人は平静な声で返した。

「うん？」

「お断りします。私はそんなものを仕事とは思いません」

藤堂はわざとらしく溜め息をつき、煙草《たばこ》をくわえ火をつけた。が、美里を見やって慌てたふうに揉《も》み消《け》した。そして一つ咳払《せきばら》いして言う。

「履歴書見せてもらったよ。いい大学を出てるんだね。しかし文学部じゃツブシがきかない。ほかに何の技能もないんだろう？　そのうえ子供を抱《かか》えててフルに働けない。誰が雇いたがる？　このご時世にそんな役立たずを」

絢人は唇を嚙んでうつむいた。わかっている、成績優秀だけじゃ社会に通用しないってことくらい。どこでも似たようなことを言われてきたのだ。でも、これほど露骨じゃなかった。むらむらと反抗心がわいてきた。絢人はきっと顔を上げ、藤堂を睨《にら》んだ。

「愛人としてだって役立たずでしょう。何のテクもないんだから」

「うん、確かに君はヘタクソだ」

藤堂はあっけらかんと言い放った。

「ま、何というか……。毎日フランス料理のフルコースだと、たまにはお茶漬けが食べたくなるというか。フォアグラよりメザシというか」

あまりと言えばあまりな言いぐさだ。

——俺はメザシかよ。

がくりと肩を落とした絢人に追い打ちをかけるように、

「愛人としてでも君を欲しがる奴《やつ》は、そうはいないだろうねえ。見かけがちょっと可愛《かわい》いくらいじゃ売り物にはならんよ」

藤堂はずけずけと言い放った。

——そこまで言わなくてもいいじゃないか。

絢人がますます落ち込んだとき、美里はひときわご機嫌な声を上げた。親の心子知らず、というべきか。

「うきゃー。だあだあ」

藤堂は視線を美里の方に向け、大げさに眉を寄せた。

「かわいそうに。親が甲斐性《かいしょう》なしだと子供は哀《あわ》れなもんだ」

絢人は、むっとして顔を上げた。藤堂は歌うように続ける。

「そのうちアパートの家賃も滞納。寒空に親子して路頭に迷い……お前、すまないねえ、ゴホゴホ。何を言うのよ、おとっつあん。あたし女郎《じょろう》になるくらい何でもないわ。……いや、今どきだから援助交際か」

藤堂の珍妙な一人芝居に、絢人はあっけにとられた。

——何を言い出すんだ、何を。

そして、自分も昨日はおかしな時代劇を思い浮かべたことも忘れ、冷ややかな目を向けた。

藤堂はしれっと言い添えた。

「多いんだよ、この節。私もこないだランドセルの女の子に袖《そで》をひかれてね」

「買ったんですかっ？」

絢人は思わず高い声を上げた。女の子をもつ親としては、聞き捨てならない。本当にホモの上にロリコンだとしたら、関わっていると美里が危ない、と思ったのだ。

「私はロリコンじゃないし、ましてやショタコンでもないさ。だがまあ、世の中には買う奴もいるだろうねえ」

藤堂は肩をすくめて言い、盛大にヨダレをたらしている美里に、妙な流し目をくれる。

「借金のカタに幼女を押さえる闇金もあるって話だな。二、三年育てればキディポルノが撮《と》れるし」

非道な発言に、絢人の頭に血がのぼった。

——何て奴だ何て奴だ何て奴だ。

だが一方で、ひどく冷静に通帳の残高を計算している自分がいた。家賃。水光熱費。おむつ代。医療費。そして、泣きじゃくってすがりついてきた美里の熱い手のひらを思い出した。甘えたい盛りの幼児が、職探しに明け暮れる父親に振り回されて、気の休まる日々もない……。そのとき美里が絢人を見上げ、はっきりと父親を呼ぶ言葉を発した。

「ちゃーちゃん」

わが子にこれ以上不安定な暮らしはさせられない、と決心した瞬間だった。

――えいくそ。毒をくらわば皿までだ。一度やるも二度やるも毎日やるも同じじゃないか。

「わかりました。お受けします」

まっすぐに藤堂の目を捉《とら》えて言い切った。藤堂は真面目《まじめ》な顔でうなずいた。

「賢い選択だ」

そこに皮肉な響きはなかった。絢人は、ほうっと息を吐き出した。もう後戻りはできないのだ。腹を括《くく》るしかない。

「では、契約書を作っておこうか。気が変わらないうちに」

藤堂はいそいそと立っていき、机の引き出しから会社の罫紙《けいし》を取り出す。絢人の前に戻ってきて、何やらぐしゃぐしゃと書きなぐり始めた。

「悪いが、ほかにもいるんで君にそうそう金はかけられない。『お茶漬け』だしな。手当は月三十万。君の年とキャリアじゃ、どこへ勤めてもこれ以上は望めないだろう。愛人に学歴は付加価値にならん」

絢人は一も二もなく受け入れた。手取りで三十万なら御の字だ。前の会社は三年勤めて税込み二十五万。それも不況でボーナスはカットされるわ、サービス残業はあるわ、だったのだ。

「勤務はおもに夜間、場合によっては昼間。そうだな、週一か週二のわりでデート。基本的に、私が呼び出しをかけない限り自由にしてていい。何なら就職活動してもいいよ。この機会に何か技術を身につけたらどうかね。愛人なんて、プロ野球の選手より寿命が短い職種だからな」

藤堂はまっとうなビジネスの話でもするように、条件を提示してくる。愛人契約でさえなかったら、なかなかいい話だと思っただろう。

絢人がふと美里の方を見やったとき、藤堂は絢人の心配を読み取ったようにこう付け加えた。

「娘さんのことは配慮する。具合が悪いとかで預けられないときは、デートを断ってかまわない。ただし近日中に振替勤務のこと」

——断りっぱなしで逃げ続けるわけにはいかない、ということか。

その条件も、絢人は了承した。藤堂はてきぱきと罫紙に項目を並べていく。一度だけ、藤堂は鋭い目で絢人を見やった。

「大事なことを忘れるところだった。私とつきあう以上、男女を問わず第三者との性交渉はダメだ。当然だと思うが？」

「はあ。当然ですね、はい」

絢人はすぐうなずいた。その条項を守る自信はあった。

——心配しなくても、あんたと寝た上に、ほかで遊ぶ元気なんかあるもんか。俺はもともと淡泊なんだよ。

藤堂は、最後の項目を書き入れた。

「愛人を辞めるときは前の月の二十五日までに申し出る。こちらから切るときは一ヵ月前までに通告して、プラス一ヵ月分の手切れ金を払う。……とまあ、こんなところだな。はい、ここに署名捺印《なついん》して」

さすがにこの年で会社を経営しているだけあって、万事そつがない。絢人は差し出された罫紙にざっと目を走らせ、納得してペンをとった。内容はともかく、お世辞にも達筆とは言えない文書にサインしながら、絢人は、

「それにしても、愛人関係にも契約書式があるとは知りませんでした」

相手はけろりとして答えた。

「そんなもん、あるわけないだろう」

「は？」

さっきまでのビジネスライクな態度はどこへやら、藤堂はソファにふんぞりかえり、悪党めいた笑みを浮かべた。

「公序良俗に反する契約はいつでも破棄《はき》できる。賭《か》けマージャンの借金だの人身売買だのはみ

んなそうだ。君が手当だけ受け取ってすっとぼけても、私にはどうしようもない」

自分はそういうことをしそうな人間に見えるのだろうか。心外だ。

「私は……私はそんなことはしません」

絢人がむきになって言うと、藤堂はにっこり笑った。

「もちろんだとも。君はそういうタイプじゃない」

誉《ほ》められてるのか馬鹿にされてるのか、絢人にはわからない。どうも最初からそうだったような気がする。


電話がかかってきたのは三日後の昼過ぎだった。番号表示をのぞき込み、すぐ藤堂だとわかった。あの苦痛と恥辱《ちじょく》に満ちた時間を思い出すと、震えがきた。それでも、出ないわけにはいかない。絢人は通話ボタンを押した。

「麻生《あそう》です」

つくろった声で出たが、相手は旧知の間柄《あいだがら》のように親しげに話しかけてくる。

『やあ。今、家？』

「はい。さっき公園から帰ってきて」

自分が平静に受け答えしているのが不思議だった。携帯電話からこぼれる藤堂の声が、耳もとから首すじを撫《な》でてゆくような気さえするのに。

『明日の昼、出てこれる？　会社の近くで食事をしよう』

それを聞いて、肩に入った力が抜けた。食事だけか、と安堵《あんど》したのだ。だがすぐに甘い目算ははずれた。

『三時間くらい見といてくれ。表通りの「エミーリオ」というレストランに十二時』

続けて簡単に道順を指示し、電話は切れた。

――どんなリッチな昼食でも三時間はないよな。食後の運動つきか。

それがただの運動ではないことを思うと、気持ちが沈《しず》んでくる。だが契約を結んだ以上、逃げるわけにはいかないのだ。絢人はそっと溜め息をついた。

翌日はいつもの保育所に美里を預け、時間に余裕をもって出かけた。気が進まないからこそ、約束に遅れたりはしたくなかった。

指定されたレストランはすぐわかった。「画廊《がろう》みたいな店だよ」と藤堂が言ったとおり、煉《れん》瓦《が》の壁に緑の蔦《つた》が絡まった上品な店だった。早めに着いたのに藤堂は先に来ていて、奥のテーブルから手を上げて合図をよこした。

「ここは魚のランチが美味《うま》いんだ」と勧められて注文した料理の半分も、絢人の喉を通らなかった。味のせいではない。味などほとんどわからなかったのだ。

「あまり食わなかったな。口に合わない？」

藤堂は料理の残った皿を見て、咎《とが》めるように言う。

「いえ。後のことを考えるとちょっと」

「事前は腹八分目か。いい心がけだ」

「——気が重いと言ってるんです」

絢人が溜め息をつくと、藤堂はくすっと笑った。黙っていると強面《こわもて》だが、笑顔はなつっこいドーベルマンという感じだ。しかしすぐ真面目な顔になって、

「そんなに嫌か？」

「ワクワクしてるように見えますか」

「ひどくしたつもりはないがなあ。あれだけよく解《ほぐ》しておけば、普通はもっとすんなり」

と、そのときウエイターが水を注ぎに来た。絢人は慌ててさえぎった。

「えーと、この後の会議のことですが」

「うん。建設的な方向で進めたいもんだね」

しゃらっと言うと、藤堂は伝票を取り上げて席を立った。絢人は「食後の運動」に内心怖気《おじけ》づきながら、後に従った。

その日藤堂が絢人を伴《ともな》ったのは、先日のシティホテルでもいかにもなラブホテルでもなく、オフィス街の一角のごく地味なビジネスホテルだった。

絢人自身も、地方都市への出張で、こういうところに泊まったことがある。細長い部屋にベッドと作り付けの机、小型のテレビ。実用一点張りだ。

「こういうところでも『ご休憩《きゅうけい》』ってあるんですか」

「喫茶店なんかではできない打ち合わせもあるからね。男二人でも変には思われない」

絢人は、藤堂に倣《なら》ってスーツの上着を脱ぎ、ハンガーにかけながら、

「でも……こんな会社の近くだと、社の人に見られたりとか」

窓の外に目をやって言いかけた。

「うちの者はわかってるさ。気にすることはないよ」

藤堂はこともなげに流す。それで、絢人はいちおう納得した。

——社長に男の愛人がいることを、社員は知ってるってわけか。まあ、小さな会社だしな。

ネクタイを緩《ゆる》めつつ、藤堂は絢人に近づく。

「『昼下がりの情事』って映画を知ってるか。古いんだが」

「タイトルだけは。何だかすごそうですね」

答えながら、絢人は一歩退《ひ》いた。自然にからだが逃げてしまう。相手はもう一歩近づいて、

「タイトルほどのことはないよ。朝チュンに等しいな」

「朝チュン？　何ですか、それ？」

耳慣れない言葉に絢人が訊《き》き返《かえ》すと、藤堂は珍しくうろたえた。

「いやまあ……業界用語だ」

口を濁《にご》すと、浅黒い頬にかすかに血の色をのぼらせて、絢人の腰を抱き寄せる。覚悟してい

ても、からだがこわばるのはどうしようもなかった。男同士の行為を観念的にしか知らないときより、実際に体験してしまった今の方が、からだに刻まれた記憶に怯《おび》えてしまうのだ。

絢人は、苦行を少しでも先延ばししようとした。

「シャワー浴びてきちゃいけませんか？　出るとき済ませてきましたけど、少し汗になってしまって」

「君の汗はいい匂いだよ。特にこのへんが」

藤堂は絢人を離さないまま、耳の下に唇を当てた。思わず息を吸い込む。もう絢人のポイントは押さえられているようだ。

「硬くなってるね。痛むのが心配？」

抱き締めてみて、絢人の緊張に気づいたのだろう。藤堂は気遣《きづか》うように低い声で囁《ささや》いた。

「……ええ」

平気です、と突っ張ることもできなかった。

——俺はスキンシップに弱いのかもしれないな。こういう体勢になると、強がれなくなってしまう。

「一週間とたってないものな。……口でやってくれるなら、それでもいいよ」

藤堂は譲歩《じょうほ》するように言った。もちろん、それがどういうことかくらいは絢人にもわかった。

しかし。

「私は、その、経験がなくて」

「？　ノンケなら当然だろう」

藤堂は不思議そうに返してくる。絢人は言葉を続けた。

「されたこともないんです」

藤堂は意表を衝《つ》かれた様子で、目を見開いた。

「はあ？」

絢人は早口に言った。

「女は女房しか知らないし、女房はそんなこともしないし、風俗に行ったこともなくて」

それを聞いた藤堂は、半《なか》ば呆《あき》れたように、

「ミッション系の女子校育ちか、君は」

そう嘆息した後で、妙に楽しそうに言った。

「よおし。今日はそっちを特訓だ。このあいだは観賞するどころじゃなかったしな」

「か、観賞って」

絢人は話が思わぬ方向に転んでうろたえた。だが藤堂は何の斟酌《しんしゃく》もせず、単刀直入に命じた。

「時間がないから下だけでいい、脱げ」

ワイシャツにネクタイで下だけ脱がされたら、そうとう間抜けな格好だ。その姿でベッドの

端に座らされ、絢人は天井《てんじょう》を仰《あお》ぐしかなかった。

藤堂も着衣のままで、絢人の足の間に膝をついた。そして、ためつすがめつ観察する。

「ふうん。色が白いと、ここも色素が薄いのか。メザシと言うより白魚だな。一児の父の持ちものとは思えん。あまり使ってないだろう」

確かに、花苗《かなえ》が美里をみごもった頃から、ほとんど性交渉はなくなっていた。当時の勤め先が人員削減で死ぬほど忙しくなったのと——もともと欲求が薄かったのかもしれない。

「これ、十代で通るぞ。綺麗なもんだ」

「あ！」

いきなり先端を含《ふく》まれて、思わず絢人は腰を浮かせそうになる。

「急に動くな。歯が当たるだろう」

藤堂は叱《しか》るように言うと、今度はもっと深く呑《の》み込《こ》んだ。熱い湿った粘膜に包まれるのは、久しぶりだった。小ぶりの双球がぐぐっとせり上がるのがわかる。

「ん……ふうっ……」

藤堂は、上目遣《うわめづか》いに絢人の顔を見ながらゆっくりと舌を動かす。反応を見られていると思うと恥ずかしくて、なんとか声と表情を殺そうとした。しかし、いくら淡泊な方だといっても、禁欲期間が長かった。絢人は思春期の少年のように、急速に昇りつめた。

「あっ、あっ、いく、放し……」

すんでのところで、藤堂の大判のハンカチが絢人の精を受け止めた。

藤堂は膝を払って立つと、しぼんだものを手で隠して身の置き所もない様子の絢人の横に腰を下ろした。

「ちゃんと学習したか？　テクないんです、なんて威張《いば》って言うんじゃないぞ」

からっと言い放った後で妙に間の悪い顔になり、二、三度咳払《せきばら》いしてから口を切った。

「ちょっとした好奇心で訊くんだが……気を悪くしないでくれよ。挿《い》れられるってのはどういう気分だ？」

「どう……？」

そんなことを訊かれるとは思わなかった。答えに詰まっていると、藤堂は焦《あせ》り気味の早口で、

「よく女がお産のことを言うじゃないか。鼻の穴から西瓜《すいか》を出すみたいだとか、生理の百倍だとか。つまりそういう表現でいくと、アレはどうなのかな」

絢人は首をかしげた。

――つくづく変なことを考える人だな。黙ってるとそれなりにいい男なんだけど。

「かなり痛いだろうとは想像がつくんだが。君のはきつかったしな。少し切れたろう？」

あのときは美里のことが気にかかっていたから、確かめもしなかった。切れてたのか。道理でひりひりしたと思った。

絢人は考え考え、口に出した。

「そうですね。……冬、唇が乾いて口の端がぴしっとひび割れることがありますよね？　あれのひどい感じかな」

「なるほど」

藤堂は真面目な顔でうなずき、先を促《うなが》すように絢人の顔を見た。

「苦しいことは苦しいんですけども、全部入ってしまうとかえって楽になるんです。抜かれるときの方がちょっと……なんだか内臓ごとめくれそうで」

つい生々しいことを言ってしまった。藤堂の顔に、うっという表情が浮かぶ。それを見て、絢人は慌てて口を押さえた。

「あ、すみません」

「いや、私が話せと言ったんだから。そうか、かなり嫌なもんなんだな」

藤堂は、得心した様子で言う。本当のことでも、あまり熱心にうなずくのは失礼だろう。絢人が黙っていると、

「その嫌なことを君は金のためにやるわけだ？　たいへんだな、扶養《ふよう》家族がいると」

藤堂はにやっと笑って、絢人の唇を指でなぞった。

「こっちはゆっくり練習しとくんだな。今日は別クチでいこう」

絢人は口には出さなかったが、その言葉にひどく落ち込んだ。

——話の流れからして、今日は最後まではいかないかと思ったのに。

「うつぶせになって」

絢人はベッドに上がって、言われたとおりうつぶせた。

――今度はバックか。うう。いろいろな体位でもてあそばれるんだろうなあ。月三十万ってことは、週二にしても一回三万強だものなあ。時給にするとええと……。

背後でベルトをはずす音がした。絢人は唇を嚙み、シーツをぎゅっと摑んだ。ジェットコースターの急降下に備えるように。

冷たい尻を、熱っぽい大きな手のひらが撫《な》でた。そのまま指が割れ目をなぞっていく。軽く指先が触れただけで、蕾《つぼみ》はひくりと震えた。ローションを用意している気配がする。絢人は思わずそこを引き締めた。

「バカだな」

耳もとに、あのぞくりとする声で囁かれた。

「え」

とろっとした冷たい液体が垂らされる。しかしそれはかなり中心をそれていて――というか、太腿《ふともも》の間にすり込まれて。

ぎしっとスプリングが沈《しず》み、藤堂がベッドに乗り上がったのがわかった。

「足、しっかり閉じてろ」

腰をがしっと摑まれた。勃《た》ち上《あ》がったものが、きつく閉じた足の間にすべり込んでくる。ゆっくりと、藤堂の腰が律動《りつどう》を始めた。

――こんなやり方もあるのか。

性の経験が豊富とはいえない絢人には、驚きだった。濡れた音は響いても、からだには何の負担もない。藤堂の腰の重みと、皮膚を擦《こす》る熱さだけ。やがて藤堂は動きを止め、かすかに呻《うめ》いた。生温かいものが絢人の腿を濡らした。藤堂はからだを起こし、ベッドから下りる。自分のものを始末しながら、

「けっこう溜まってたな。ティッシュじゃ間に合わんだろう。洗ってきなさい」

絢人は下着とズボンを拾って、バスルームに入った。シャツをたくし上げ、腰から下をシャワーで流すと、藤堂の放った白濁《はくだく》が足をつたい排水孔《はいすいこう》へと流れていった。ほかの男の放ったものなど見るのは初めてだった。中に出されるより、なぜか露骨《ろこつ》な気がした。

――俺、ほんとに男の愛人になっちゃったんだな。

嘆息《たんそく》して身づくろいをし、バスルームから出てみると、藤堂はすでに一分の隙もない出で立ちになっていた。

「私はもう出なくちゃならん。会議の時間だ。何なら君はゆっくりしていってもいいが?」

「いえ。私も急ぐんで」

前回のことを思い出したのか、藤堂はすぐうなずいた。

「ああ、嬢ちゃんか。……君も気ぜわしいだろう。いっそ今度から連れてくればいい」

絢人は顔をしかめた。

「冗談じゃないです」

「いい性教育になると思わんか？」

からかわれていると気がついて、絢人は尖った声で跳ね返した。

「思いませんっ」

やっぱり女子校育ちだ、と笑って、藤堂はドアを開けた。


十二月に入って、街はクリスマスムード一色だ。ショーウインドウには、ハイセンスなディスプレイとお子さま向きな飾りつけが同居している。

今日は時間に余裕があるのだろう、藤堂は夕食後ホテルに直行せず、イルミネーションのともる目抜き通りに絢人を誘った。

藤堂は足が速い。歩幅が大きいだけでなく、人ごみを強引に割って歩くので、よけるばかりの絢人はすぐ置いていかれそうになる。だが藤堂は、傍《かたわ》らに絢人の気配がなくなると、しまったという顔で待っていてくれるのだ。

藤堂が足を止めたのは、名の通った玩具《おもちゃ》専門店だった。戸口に飾られたツリーは色調を抑えたシックなもので、よそとはひと味違う。流行《はや》りのゲームなど置いているような店とも思えない。絢人は怪訝《けげん》な顔で藤堂を振《ふ》り仰《あお》いだ。

「ここは輸入もののいいおもちゃがあるんだ」

そう言うと、藤堂は絢人の肩を抱くようにしてスイングドアを押した。中には大小さまざまなぬいぐるみや人形、木でできた色鮮やかな玩具がずらりと並んでいる。藤堂はぐるっと見渡して、

「シュタイフのぬいぐるみは定評があるけど、あまり可愛《かわい》げがないな。小さい女の子には人形の方がいいか？」

親としての意見を聞かれていることに気づき、絢人は目を瞠《みは》った。

「もしかしてうちの美里に？」

「みさと、というのか。いい名前だな。……そのウサギなんかどうだ。真っ白でふかふかして抱き心地がよさそうだ」

「ええ、可愛いですね。うちの子、ウサギは好きですよ」

藤堂は好みが一致したのにご満悦の態《てい》で、隅《すみ》につつましく控《ひか》えていた店員を呼んだ。

「ちょっと君、これ包んで。『美里ちゃんへ』とカードをつけてくれ」

店員は奥から同じ品物の箱を取ってきて中身を確かめさせ、カウンターで手際よく包装した。金と青のリボンがかかった、絵に描いたようなクリスマスプレゼントが、あっという間にできあがる。店員の手から受け取ったそれを、藤堂は「メリークリスマス」と囁いて絢人の腕に抱《かか》えさせた。

絢人は目を瞬《しばた》いた。

「どういう風の吹き回しです？」

藤堂は、スイングドアを開けながら、照れくさそうに答えた。

「クリスマス前後は書き入れ時で会えんからな。女ならバッグかアクセサリーだろうが、君は難しい。酒も煙草もやらんし、着道楽でもないしな。……将を射んと欲すればまず馬を射よ、というから」

「そりゃ、親としちゃ子供が喜ぶのが一番嬉しいですけど」

包みを開けたとき、美里がどんな顔をするかと思うと、自然に口もとがほころぶ。そんな絢人を見て、藤堂も満足げな笑みを浮かべた。

「なら、作戦成功だ。今日はたっぷり楽しめそうだな？」

「はいはい」

絢人は軽く流した。藤堂と寝た回数も、もう両手の指では足りなくなった。このごろでは、アナルセックスも当初ほど苦にならない。藤堂は強引ではあったが、決して粗暴ではなかったし、絢人の方も、浅く長く息を吐《は》いて筋肉の緊張をやわらげることを覚えたのだ。相当ひねりの効いたコースターでも、何回も乗れば慣れる。

——この人、自分が絶叫マシンにたとえられているとは思わないだろうな。

大きな歩幅で颯爽《さっそう》と歩く藤堂に早足でついていきながら、絢人は忍び笑いを漏らした。

そのとき突然、背後から鋭い声が呼び止めた。

「おい、待て！　タキオンの藤堂だな？」

振り向くと、藤堂と似たりよったりの年ごろの男が肩を怒らせていた。その後ろにもっと若い男が数人、やはりこちらを睨《にら》んでいる。ヤクザではないが、普通の勤め人とはちょっとカラーが違う。そういえば、タキオン社に行ったときも、そういう印象を持ったのだ。普通の企業とはカラーが違う、と。

藤堂は落ち着き払って応じた。

「そうだが？　サインでも欲しいのか」

「何とぼけたことを言ってやがる。てめえとはいっぺん話をつけようと思ってたんだよ」

「ほう？」

喧嘩腰《けんかごし》で吠《ほ》える相手に対して、藤堂は面白《おもしろ》そうに眉を吊り上げてみせた。相手はますます声を張り上げる。

「うちのスタッフを引き抜きやがっただろう。やり口が汚ねえぞ！」

「引き抜いた？　言いがかりもいいところだ。私は拾っただけだ」

「てめえがよけいな手出しをしなきゃ、連中はうちに戻ったんだ！」

通りかかった中年の男が眉をひそめ、さりげなく連れの女をかばって横をすり抜ける。道路の向こう側では、立ち止まってこちらを眺《なが》める連中も出てきた。絢人は気が気ではなかったが、

藤堂は動じる様子もない。この場にそぐわないのどかな口調で、

「それは何だな。DVで逃げ出した女房を匿《かくま》った友人に難癖《なんくせ》つけるようなもんだぞ」

「なんだと？」

絡んできた男は、微妙な困惑の表情を浮かべた。藤堂はしたり顔で解説を加える。

「おたくの待遇があんまりだから逃げ出したんだろう。待遇改善を考えもせんで、助け手がなけりゃ戻ってくるだろうとは、暴力亭主と変わらんじゃないか」

絢人は頭を抱えたくなった。

——この人、またわけのわからないたとえを持ち出して。相手によっては神経を逆なでするこことになるぞ。

その心配は当たった。

「野郎、バカにしやがって！」

酒も入っていたのだろう、男は目を血走らせて殴《なぐ》りかかってきたのだ。藤堂は、その体格からは思いがけないほどの俊敏さで男の打撃をかわした。男はたたらを踏み、バランスを崩して歩道に顔面から突っ込んだ。それを見て、ほかの連中はさらに逆上した。

「畜生！　やっちまえ！」

絢人は肩を強く突かれて、乱闘の輪から押し出された。

「藤堂さんっ！」

「君はウサギさんを守ってろ」

言うなり、藤堂は突っかかってきた若者を軽くいなし、足をすくう。背後からのパンチが頬をかすったが、同時に相手のみぞおちに肘《ひじ》を打ち込んでいた。

――やけに喧嘩慣れしてるぞ、この人。

感心している場合ではない。いくら藤堂の腕っぷしが強くても多勢に無勢だ。かといって、文化系の絢人では助っ人にもならない。はらはらしながら見ているしかなかった。

そのとき、遠巻きの人垣が割れて、数人の警官が飛び出してきた。師走《しわす》の特別警戒月間でパトロールが強化されていたおかげで、対応が速かったのだろう。制服警官の姿を見ると、藤堂は、反則がないことを審判にアピールする選手のように両手を上げた。

「火の粉を払っただけだからな！」

絢人も横合いから、藤堂に非のないことを説明しようとした。だが、「あちらで事情を聞かせてもらいます」と、相手方とひとまとめに近くの交番へ連行されてしまった。

最初に殴りかかってきた男と藤堂がそれぞれ別の警官に事情聴取されている間、絢人と相手の取り巻きは所在なく交番の前に立っていた。

まもなく、タキオン社から四十年配の社員が駆けつけた。警察から、身元確認のために会社に連絡がいったらしい。営業部長という肩書きのその社員は、警官との話し合いが済むと表に出てきて、丁重な物腰で絢人に話しかけてきた。

「社長がご迷惑をおかけしまして。おけがはありませんか」

ずっと年上の役付きの人間に下手《したて》に出られて、絢人はたじろいだ。何と名乗っていいものかわからないから、なおさらだ。

「いえ。迷惑だなんて、そんな。私は、そのう、特別職の」

つい口ごもってしまう。会社の者は知っている、と藤堂は言っていたが、誰がどの程度知っているのかわからない以上、正面きって「社長の愛人なんです」と言うわけにもいかないだろう。

だが、男は呑み込み顔でうなずいた。

「ああ、協力者の方でしたか。では、うちの事情はご存じで。社長はあのとおりの人情家ですからねえ。泣きついてこられると突っぱねるということができないし、うちを独立してったグループが舞い戻ってきたのまで引き受けてやったりするもんで、経営がたいへんなんですよ。そのうえ逆恨《さかうら》みされちゃ、たまったもんじゃありませんよね」

適当に合わせはしたものの、絢人はかなり驚いていた。やり手だという印象はあったが、藤堂が会社経営に情を持ち込む人間だとは、思ってもみなかったのだ。

――子持ちの弱みにつけ込んでノンケ男を強引に愛人にする奴が人情家、ねえ。ま、それで俺と美里は暮らしていけてるわけだが。

営業部長とそんな話をしているうちに、藤堂が交番から出てきた。身元がはっきりしていること、相手が酔っていて集団だったことから、注意を受けただけで解放されたのだ。

営業部長は絢人に一礼して、藤堂に歩み寄った。

「このまま社の方へ戻られますか」

そう問いかけるのへ、藤堂は、

「いや、まだ外出の用は済んでない。どうせシナリオが上がってくるのは九時過ぎになるんだろう。ひと仕事片付けてくる」

言い捨てて絢人の二の腕を摑むと、いつものホテルへと大股《おおまた》で歩き出した。絢人は顔だけ営業部長に振り向いて、目で会釈《えしゃく》した。

大きな歩幅に追いつくために小走りになりながら、絢人はもっともな心配を口にした。

「藤堂さん。でも、大丈夫ですか。どこか殴られたりとか」

「いーや。やると言ったらやる。ヘタすりゃ年明けまでお預けだからな」

さっきの喧嘩沙汰《ざた》の余波か、藤堂は鼻息荒く宣言する。

――やりたい盛りの高校生みたいなことを。

絢人は苦笑して歩調を合わせた。

いつものビジネスホテルに着き、いつもの部屋に入る。

「今日は脱がすとこからじっくり楽しむつもりだったのに」

藤堂はぶつくさ言いながらベッドに歩み寄って、荒っぽくネクタイをほどき、シャツを脱ぎ、そのみごとな裸体をさらした。絢人はまぶしげに目を伏せて自分も臨戦態勢になる。脱ぐのも脱がされるのも苦手だ。何度やってもこの瞬間の気恥ずかしさに慣れることができない。だからつい口数が多くなる。ベッドに上がりながら、

「あなた、『人情家』なんですってね。部長さんがそう言ってましたよ」

それを聞いて、性急に覆《おお》いかぶさろうとしていた藤堂は、小さく舌打ちした。照れているのだろうか。

「それにしちゃ、私は優しい言葉なんてかけてもらったことないですね」

笑って続けたが、藤堂は妙に硬い表情になって、絢人の瞳をのぞき込んできた。

「愛してるとか言ってほしいのか？」

思いがけない言葉に揺さぶられて、絢人は自分に問いかけた。

──愛？　俺はそんなものを期待してるってのか？　月三十万で自分を囲っているこの男に？　ばかばかしい。

「──べつに」

絢人がそっけなく返すと、藤堂はふっと片頬をゆがめるような笑みを浮かべて、絢人のものに手を伸ばしてきた。

「そうだろう。男相手に甘いピロートークなんか変だよな」

「女の人には言うんですか」

その答えは腹の方から聞こえてきた。藤堂が下にずれていったのだ。

「女は言葉に煽《あお》られる。男の欲望は視覚的だからな」

そう言いながら、敏感な先端を乾いた唇で撫《な》でてくる。

「こうして君のが勃《た》ち上《あ》がってくるのを見ると、むらむらするのさ。やりまくってますってモノより、こういう清楚《せいそ》なモノが自己主張を始めると、いかにも淫蕩《いんとう》って感じがするな」

ピロートークはしないと言いながら、藤堂は艶《つや》めかしいことをぽんぽん並べ立てた。そんな言葉に慣れない絢人は、それだけでからだに火がついてしまう。抑えようもなく熱が走り出す。

「——それ、けっこう、言葉で煽ってますよ」

すでに息が上がっている。

——俺、ヘンだ。男相手に感じるなんて、絶対ないと思ってたのに。

このごろは、あの独特の煙草《たばこ》の香りのする藤堂の口腔《こうこう》に含まれると思っただけで昂《たか》ぶってくる。絢人のサイズは手ごろであるらしく、藤堂は奉仕というよりむしろ楽しそうに、それを舌でもてあそんだ。

「あ、もう……藤堂、さんっ」

せっぱ詰まった声を無視して、藤堂は、ちゅっと音を立て強く吸い上げた。

「……!」

身をよじってはずすのと、精を放つのがほとんど同時だった。絢人はがくりと頭を枕に落とした。腰から下にけだるい快感が拡散してゆく。そして、もう一つの欲望に火がついてちろちろとくすぶり始める。

「後ろ、いいかな？」

先へ進む許しを求める藤堂に、絢人は目をつぶったままうなずいた。

膝を曲げて開いた足の間に、藤堂が入ってくる。自分の滴《したた》りと藤堂の唾液《だえき》で、すでにそこは濡れそぼっていた。絢人はじゅうぶんな硬度をもったものの侵入に備えて、全身の緊張を解いた。だが。

「たたた……」

藤堂が呻《うめ》いたのだ。絢人ははっと目を見開き、慌てて上体を起こした。

「どうしたんです？」

「やっぱりさっき痛めたらしい」

からだを支えようとして支え切れなかったようだ。藤堂は、右腕をぶらぶらさせて渋い顔をしている。心配したとおり、男たちとの乱闘でダメージを受けていたのだ。

「だから止《や》めておけばよかったんですよ」

つい咎《とが》めるような口を利いてしまう。

「喧嘩をか。セックスをか」

藤堂はぷうっと膨《ふく》れて言い返す。さっきも思ったが、こういうときは子供みたいだ。その不満そうな顔を見ていると、何とかしてやれないものかという気持ちになった。ふと思いついて、初めての試みを持ちかけてみた。

「ヘタクソかもしれませんが、フェラを試しましょうか。横になってください」

「ったく、ざまあねえな」

藤堂はそう自嘲《じちょう》したものの拒《こば》もうとはせず、大人しく仰向《あおむ》けになった。絢人は横たわる藤堂の股間《こかん》に顔を伏せて、さきほど彼にされたように、そっと唇で撫でた。すでに突入の構えで硬く勃ち上がったそれは、全部は含みきれそうもない大きさで、

——よくこんなものが入るよな。

自分のからだが不思議に思えるほどだ。

先の方だけを含んだり、舌先で舐《な》め上《あ》げたりしていると、

「もういい」

顎《あご》に手をかけてはずされた。

「やっぱりヘタですか」

自覚はあったが情けない思いで訊くと、相手は熱のこもる眼でせがんできた。

「いや。挿《い》れたいんだ」

「でも」

腕は、と言いかけるのへ、藤堂は押しかぶせた。

「上に乗れよ」

絢人はためらった。そういう体位はまだ試したことがない。藤堂は焦《じ》れたように、

「なんだ。君は女房相手に上になったことがないってのか」

「いいえ、うちはいつも正常位です」

冗談に紛《まぎ》らしたが、本当は怖かったのだ。慣れない体位が怖いというだけではない。自分の意識が変わりそうな気がして怖かった。バックであれ対面であれ、自分が下になっている限りは、あくまで「突っ込まれる」立場だ。藤堂のそれにまたがるということは、自分から迎え入れる形になる。そのことに心理的な抵抗を感じるのだ。フェラは相手がしてくれたことにお返しをするような気分だったから、抵抗はなかったが。

「絢人。来てくれ」

藤堂が切迫した声で促《うなが》した。絢人はこく、と唾《つば》を呑んで覚悟を決め、そそり立つものの上に自らの蕾《つぼみ》を当てた。やはり怖い。ぐらついている歯を自分で抜くのが怖いのと同じだ。

「すみません。やっぱり無理……」

と、みなまで言わせず、藤堂の痛めていない方の手が絢人の腰骨を掴み、ぐいと引き降ろした。自分の体重で、一気に半《なか》ばまで呑み込んでしまう。

「ひ、あっ」

思わず声が漏れた。いつもと角度が違うせいか、先端が妙な場所に当たっている。そこから

今まで感じたことのない熱がじわりと放散する。もどかしい。絢人は眉根を寄せわずかに唇を開いて、その感覚を追い、腰を動かした。藤堂もそれに合わせる。

突然、それはやってきた。頭の後ろに白熱光が閃《ひらめ》いた。腰椎《ようつい》から背骨を駆け上がったものがそこで爆発したような。

「あああ……っ!」

背を弓なりにそらせ、絢人はうち震えた。藤堂の目にどう映《うつ》るかなど、もう意識の外に飛んでいた。からだがとろとろに溶けたようで、どこまでが自分でどこからが藤堂なのかわからない。それなのに、弾《はじ》けることがない。弾ければそこで急速に冷めていく熱が、いつまでも煮えたぎっている。

「やっ…もう…これ、止め……て!」

すすり泣くような声を上げて、絢人は身悶《みもだ》えた。次の瞬間、ふわりと宙に浮く感じがあって、本当に何もわからなくなった――。

完全に意識を失っていたのは、わずかの時間だったらしい。

「――たまげた」

ぐったりとつっぷす絢人の背を撫でて、藤堂は呟いた。

「女は少し開発すればあの線まではけっこういくが。男がああなるとは知らなかった」

「もう言わないでください」

美里に似ていると言われた長い睫毛《まつげ》を伏せ、絢人は頬を染めた。自分の狂態を覚えていなくて幸いだ。何がどうなったのかどうしてもわからない。初めて花苗の中に放ったときでも、もっと頭は醒《さ》めていたのに。

そのとき、太腿のつけねにこりっと硬いものが当たった。いったん果てた藤堂のものが再び頭をもたげていたのだ。藤堂の手が背をすべって下の方へ流れる。自分を見る目の中に、男の欲望が膨らんでくるのがわかる。

——うそ。まさか連続で……？

そのとき、枕元に放り出した藤堂の上着から、場違いにクラシックな名曲が響いてきた。藤堂は舌打ちしてポケットを探り、携帯電話に出た。相手は会社の人間らしい。二言三言交わして、声を高くした。

「え。もう会議始めてるのか。……ああ、わかったわかった。すぐ戻る！」

いまいましげに通話を切る。「九時ごろにシナリオが上がる」とか言っていたから、その会議なのだろう。藤堂は、ベッドから出しなに絢人の細い顎《あご》を捉えて軽く唇を合わせた。

「せっかく将を射止めたのにな」

何のことを言っているのか、と首をかしげる。怪訝《けげん》そうなまなざしに応《こた》えるように、藤堂は身支度しながら、ベッドサイドに置かれたプレゼントの箱を顎でしゃくった。

「お馬さんへの付け届けを忘れるなよ」

美里《みさと》にクリスマスプレゼントをもらった夜から数えて、もう二週間以上も藤堂《とうどう》に会っていない。途中で一度連絡はあった。ゲーム関連の会社はクリスマスから正月が稼《かせ》ぎ時《どき》だとは聞いていた。確かにこのごろTVを見ても、ゲームソフトや玩具《おもちゃ》のCMが増えたと思う。美里は「ピノピノの冒険」という低学年向きのゲームの画像が流れると、テレビにへばりつく。主人公ではなく、連れのウサギのキャラがお気に入りなのだ。

藤堂にプレゼントされたウサギのぬいぐるみも大のお気に入りで、今では毎晩、「ちっち」と語源不明の言葉でえらそうに要求して寝床に持ってこさせる。そして、ウサギの鼻である桃色のポンポンをしゃぶりながら寝るのだった。

絢人《けんと》はその夜も、美里を寝かせつけたあと目が冴えて時間をもて余した。まったく飲めないわけではないが、一人でグラスを傾けるほど酒好きでもない。スポーツは得意ではなかったし、ギャンブルにもさして興味はない。趣味でやっていた絵の道具も、結婚するとき、これからは遊んでいる場合ではないし場所ふさぎだと処分してしまった。こんなに暇をもて余すなら、とっておけば良かった、と思う。残業に追われることもなく、美里の夜泣きに悩まされることもなくなると、本当に所在ないのだ。ふと、花苗《かなえ》は育児以外に趣味を持っていただろうか、と考えてみた。これといって思い当たらない。

――俺、花苗に寂しい思いをさせてたんだな。毎日赤ん坊と二人っきりで、あいつ何を考えてたんだろう。……あいつに男がいたとしても、俺には何を言う資格もない。俺は夫でも父でもなかったんだから。仕事を免罪符にして、家庭ってものから逃げてたのかもな。

わが身を省《かえり》みたとき、藤堂は本当に仕事が詰まっていて来れないのだろうか、という疑念がわいてきた。

今ごろ誰か別の愛人を抱いているのかもしれない。マンションでも買ってやって、そこに泊まったりするような「本物」の愛人。茶漬けじゃなくてフルコースがいても不思議はない。あのエネルギッシュな男が週一で我慢できるはずもないから。

絢人は一人には広すぎるベッドに横たわり、手を下着の中にすべり込ませた。闇の中に描いたのは、花苗のほっそりとした肢体《したい》でもAV女優の豊かな胸でもなかった。

腰に食い込む強い指。首すじを這《は》い下《お》りる熱い唇、煙草《たばこ》の匂《にお》い。今ここにはないものを思い描きながら指を動かす。もどかしい。もの足りない。

クリスマス前、最後に抱かれたときのことを思い出した。そして、狭《せま》い器官を満たすたくましい雄《オス》の象徴を。耳に熱っぽい声がよみがえる。

『絢人。来てくれ』

「ん……藤堂さん……っ」

後ろから突かれてでもいるように、絢人は腰を揺らして果てた。体内の圧力が下がるとともに、急速に頭が醒《さ》めた。自分が絶頂で男の名を呼んだことに、愕然《がくぜん》とした。

——俺、マジに変だ。どうして男で抜けるんだよ。もしかして隠れゲイだったのか。

後始末をしながら、絢人は足元がぐらぐらするような不安に捉えられた。そして、子供と二人っきりで閉じこもっていた花苗の鬱屈《うっくつ》した心理に、もう一度思いを馳《は》せた。

——そうだ、暇だから、おかしなことを考えてしまうんだ。何か始めてみるか。

善は急げとばかり、さっそく次の日、水彩絵の具や絵筆を買い込んできた。美里が寝ているときの暇つぶしのつもりだったが、数年ぶりの手ごたえに絢人はすっかり夢中になり、時間のたつのを忘れた。昼寝から覚めた美里は絢人が絵を描くさまに目を丸くし、「あっきゃあ！」とそれまで聞いたこともないような歓声を上げた。

年末年始はあいにくの荒れ模様で、外で遊ばせることもできなかったが、お絵かきをしてみせれば美里はご機嫌でいてくれる。絢人にとっては思わぬ余禄《よろく》だった。

正月三日。午後になって寒さが緩《ゆる》んだので、日光浴がてら買い物に出ようと美里に着替えをさせていると、インターホンが鳴った。気忙《きぜわ》しく何度も鳴らされる。

——正月早々、セールスってことはないよな。

「はいはい。今開けます」

気が急《せ》いて確かめもせず開けたドアの外には、藤堂がいらいらと足踏みしていた。絢人は目を見開いた。

「藤堂さん。連絡してくれればこっちから行ったのに」

自分の声が弾《はず》んでいるのに気づいて、絢人はふと疚《やま》しさを覚えた。藤堂に抱かれる想像で自分を慰《なぐさ》めた夜のことが頭を掠《かす》めたのだ。藤堂は、そんな絢人の様子に気づいたふうもない。

「いや、時間ないんだ」

本当に、余裕がないようだ。玄関に一歩入ると、いきなり抱きすくめてくるなり、きつく唇を吸った。離すとき音がしそうな勢いだった。

「川崎《かわさき》まで行くんで通り道だから。『サガ』って大手から請《う》け負《お》ってる仕事が遅れてるんでな。言いわけも俺の役目だ。ほれ、美里にお年玉」

アニメ柄のポチ袋を差し出しながらひと息に言って、目を絢人の背後に向けた。美里がよちよちと廊下に出てきたのだ。

「おお、もう歩くんだな」

美里は「よそのおじさん」には目もくれず、絢人の足にまつわりつく。

「ちゃあちゃん。あんっ、あんっ、あんっ」

「ちびは何言ってるんだ?」

藤堂は首をかしげた。美里の発する赤ちゃん言葉に興味を引かれたようだ。

「お絵かきしろ、と。本を読め、という時は『えうっ』と言います」

「さすがに親だな。この人間未満と会話が成立するのか」

そのとき藤堂の目が鋭くなった。

「ちび。それ見せてみろ」

言うなり、ヨダレだらけの美里の手が振り回す紙切れを取り上げた。そして妙に熱心に見入っている。「あんっ、あんっ」と返してほしそうに美里がまといついても、うるさがりもしないかわり、返してやろうともしない。ややあって、ようやく藤堂は紙片から目を離した。

「これは何だ。ウサギか」

絢人は顔を赤らめた。

「やだなあ。あまり見ないでくださいよ。暇つぶしに描いたら、子供にウケちゃっただけなんですから」

取り返そうとしたが、藤堂は紙切れを手離さないまま、真剣な目を向けてきた。

「君が描いたのか」

「せがまれるもんで。でも、ブルーナやピーターラビットみたいに可愛《かわい》くないでしょう。なんかヒネた絵になっちゃうんですよね」

気恥ずかしくなって、弁解めいたことを言うと、

「ヒネた？　文学部のくせに言葉の使い方を知らんな。個性的というんだ」

いつもの冗談かと思ったが、藤堂は真顔だった。

「これ、もらってっていいか」

「は？」

そんないたずら描きをどうするんです、と言いかけたときには、藤堂は駐車場へと走り去っていた。

――結局、何をしに来たんだ？

絢人は首をひねりながら、美里に毛糸のマントを着せた。近所のスーパーまで美里を抱いたり歩かせたり、買い物には、一人で行くときの倍ほども時間がかかった。

その夜、藤堂から電話がかかってきた。久しぶりの「デート」かと胸が高鳴ったが、相手は昼間来たときと同じように早口でまくしたてた。

『絢人か？　あのな、昼間のウサギの絵、角度を変えてもう何枚か描いて持ってきてくれないか。できれば明日。ほかの動物が同じようなタッチで描ければもっといいんだが。俺がいなけりゃ、開発部長の高取《たかとり》って奴《やつ》に渡してくれ。頼んだぞ！』

何を訊《き》くひまもなく電話は切れた。背後の殺気だったざわめきからして、何やら修羅場《しゅらば》らしいということはわかった。それと自分のマンガみたいな絵がどう結びつくのかわからない。ただ、セックス以外のことで藤堂に頼みごとをされたのは、なぜか妙に嬉しかった。

久しぶりに美里を預けて、タキオン社に向かった。スケッチブックに、いろいろな角度から見たウサギや森の動物たちを描いたものを携《たずさ》えて。

藤堂はやはり外出していた。代わって受付に出てきた開発部長の高取は絢人とあまり変わらない年ごろで、アニメ柄のトレーナーにジーンズという勤め人とも思えない格好だった。絢人もこのごろでは背広は着ないが、それでもこれほどラフな身なりではない。

高取は『制作部』と書かれたドアを開けて、絢人を中に招き入れた。愛人契約の話に来たときはまっすぐ社長室に通されたから、仕事場を見るのは初めてだ。興味津々《しんしん》で見回したが、どこもかしこも高いパーテーションで細かく区切られていて、全体像が摑めない。その間を行き交う社員たちは見るからに平均年齢が若く、背広姿は少数派だ。こういうところが堅気《カタギ》の会社じゃない、と感じさせるのだろう。

ぼーっと突っ立っていると、パーテーションで囲まれた一角に引っ張り込まれ、空《あ》いた事務椅子を勧められた。そして高取は、「それ？」と指さすなり、絢人の手からスケッチブックを抜き取った。口を引き結んで、ぱっぱっと紙をめくっていく。若い女の社員がやってきて、そっとコーヒーを置いていったが、高取は目を上げもしなかった。すべての絵に目を通すと、ようやく顔を上げて調子の高い声で言った。

「いいね、いいね。これ、まったく君のオリジナル？　海外のアーティストをパクったりしてないね？」

絢人はその勢いに気おされるように、何度もうなずいた。

「ええ、そりゃ……自分の子供のために描いたんですから」

相手は意外そうに目を瞬《しばた》いた。

「ふうん。若いのに子持ちなんだ？　そこらへんの感性かな。でもほんと、いいよ、これ。美術の勉強とかしたことは？」

「部活だけですけど。じつは美大に進みたかったんですよ。でも高三のときに家業がつぶれてんやわんやで。両親は夜逃げして自分は伯父の家に世話になってるという状況じゃ、わがままも言えなくて」

ノリのいいやりとりに、つい口が軽くなった。会社の雰囲気そのものがざっくばらんだからかもしれない。高取はにやっと唇を緩《ゆる》めた。

「ははあ。そこらへんが社長に気に入られてるゆえんかな。なにしろこの業界、わがままとわがままのぶつかり合いだもんねえ。今もね、社長、出社拒否の若いのを迎えに行ってるんだよ。小学生かっつうの。でもそいつでなきゃって仕事があるんだから仕方ない。君みたいな人には、そりゃ癒《いや》されるだろうねえ」

気楽なおしゃべりをしながら、高取の目は再び絢人のデッサンを食い入るように見ている。

絢人は、思い切って訊いてみた。

「僕みたいな人ってほかにもいるんですか。その……特別職というか」

愛人契約を結ぶとき、藤堂が「ほかにもいる」と言ったことが、このごろどうも気になっていた。こういうことは、相手の顔を見ない方が訊きやすい、と思ったのだ。高取は顔を上げないまま、あっさり答えた。

「七、八人いるかな。けっこう入れ替わりが激しくてね」

「ふーん……やっぱり若い人？」

「そりゃあね。若さは武器だよね。現役高校生もいるよ」

——こ、高校生？

絢人は思わずコーヒーを噴くところだった。高取は目を上げて、同意を求めるように言った。

「好きな道ならいいバイトだよね。そのまま本業にする子もいるし」

「へぇえ……」

——あっけらかんとしたもんだな。バイト感覚で愛人か。

「それって男ばかり？」

「いや。女性もいたと思うよ」

——やっぱり藤堂は両刀《バイ》なのか。

巨乳は飽《あ》きた、という彼の言葉を思い出した。飽きるほど抱いた、ということだろう。そう考えつくと、もてる男へのやっかみと片づけるには激しすぎる不快感がこみ上げてきた。

——若い男女取り混ぜて七、八人。しかも入れ替わりが激しい、ときた。節操のない遊び人なんだな。……変だな。なんでむかむかするんだろう。あの人が誰とつきあおうと何人囲っていようと、俺には関係ないことなのに。

絢人はコーヒーをもう一口含んだ。だがその芳醇《ほうじゅん》な香りも、胸のつかえを消してはくれなかった。


一月も半《なか》ばを過ぎて、ようやく世間がいつもの顔を取り戻したころ、藤堂《とうどう》から連絡があった。呼び出しではなく、コーポを訪ねていいか、と言う。どういうことだろうと思いながら、絢人《けんと》は慌てて掃除をした。

夜七時ごろになって、藤堂が訪れた。絢人が玄関先で出迎えると、すでに少しアルコールが入っている様子で、月遅れのサンタクロースのように相好《そうごう》を崩している。

「どこかで食事でもと思ったんだが、子供連れだと気を遣《つか》うだろうからな。功労者は美里《みさと》なんだから、のけ者にしちゃいかんだろう。ケータリングを頼んどいたから、じきに料理が来る。まずはこいつを冷やしてくれ」

提《さ》げてきた酒瓶《さかびん》を渡してよこした。

「え、これシャンパン？　功労者って」

まごまごする絢人の横をすり抜け、藤堂は、「食堂はこっち？」と訊《き》きながら奥に上がり込む。絢人はあたふたとついていき、藤堂に椅子を勧めてキッチンに入った。冷蔵庫の下の段に瓶を寝かせてダイニングへ戻ってくると、藤堂は浮かれた調子で得々と説明した。

「新しいゲームのキャラデザインがどうしても決まらなくてな。こないだ言ってたサガの仕事だけど。『スーパー・ロニック』の女の子向けみたいなもんなんだが、どの絵描きのも変に可愛《かわい》過ぎるんだ。今どきの少女、リボンとフリルの世界の住人じゃないってんだよ。で、君の絵を見せたら一発だ」

「え？　それって」

藤堂は、見えないグラスで乾杯をするように手を差し上げた。

「おめでとう。そしてありがとう、だな。ほかの動物のも五種採用になった。メインキャラのデザイン料が二十万。あとの五つが合わせて五十万。しめて七十万、ただし支払いは製作が軌《き》道《どう》に乗ってからだから、さ来月だ」

絢人は息を呑んだ。思わず大きな声が出てしまう。

「な、七十万？　あの落書きが？」

藤堂は立ち上がって、絢人の肩をぽんぽんと叩いた。

「そのくらいで驚くな。名前が売れた漫画家だと一ケタも二ケタも違うんだぞ。エスニックが烏山明《からすやまあきら》にいくら払ったか聞いたら腰が抜ける」

藤堂は絢人の耳にその数字を囁《ささや》き、ついでにひと噛みするのを忘れなかった。腰が抜けはしなかったが、絢人はふらふらと椅子に倒れ込んだ。

「すご……」

「まあ、そこまでは無理としても、一つ二つヒットを飛ばせば、大手からも社外デザイナーとして口がかかる。著作権は共有にしとくから、もしも今度のが当たってキャラクターグッズでも出れば、継続的にキャラ使用料が入るしな」

そこへインターホンが鳴った。出てみると、絢人も名前を聞いたことがある小洒落《こじゃれ》たフランス会席のケータリングサービスだった。

料理を並べたところで美里を連れてきて、ベビーチェアに座らせる。絢人を見上げて「マンマ？　マンマ？」と繰り返すのへ、「スペシャル・マンマだよ」と笑って、エプロンを首にかけてやった。自分も気持ちが高揚《こうよう》しているのがわかる。絢人は上気した顔を藤堂に向けて、

「なんだか夢みたいだ。一度は捨てた絵で食べられるようになるなんて」

「在宅でやれるってのが一番だろう、美里にとっちゃ。な？」

藤堂は美里の頰をつついた。美里はぷうっと頰を膨《ふく》らませ、テーブルを叩く。

「あっちゃいちゃい！」

「これは何となくわかるぞ。触るなとか言ってないか」

「ご名答」

絢人はくすくす笑った。

使い捨てだが洒落た容器に入った料理の中から、食べられそうなものを美里の皿に取り分けてやり、フォークを握らせると、彼女はご機嫌で皿の上のものをこねくり回した。

「あ〜い〜、ぷう、ばあ」

「あれで食ってるのか。遊んでるのと違うか」

藤堂は心配そうに言う。

「夕方、軽く食べさせといたからね」

藤堂は「美里をのけ者にしちゃいかん」と言うが、お腹をすかせた一歳児の脅威《きょうい》を知らないから言えることだ。そこは絢人にぬかりはなかった。

美里が楽しく料理で遊んでいる間に、大人二人はシャンパンで乾杯した。フォアグラのムース、ウニと帆立《ほたて》のテリーヌ、鴨《かも》のロースト。どれも酒に合う料理で、つい二杯、三杯とグラスを重ねる。だんだん口が重ったるくなってくる。藤堂はくいくい空《あ》けて、顔色もほとんど変わらないが、なんとなく目が据《す》わった感じだ。だから、訊きたいことが訊けなかった。絡む酒だと厄介《やっかい》だ。「この先どうするつもりなのか」と問えば角が立つだろう。それに、ほかの愛人の存在が気になっていることなど、藤堂に知られたくはなかった。

——俺がゲームのキャラクターデザインで身を立てることができれば、なにも愛人をやってることはないんだ。それをこの人は祝杯をあげて喜んでる。もう俺が重荷だったってことか。でも、最後に抱かれたとき、たしかにもう一度求めてきそうだった。俺に飽《あ》きたのでないとしたら、どうして喜べる？　別れることになるのに。

そう考えたとき、絢人は、藤堂の気持ちどころか自分の気持ちさえ摑めていないことに気づいた。

——そうだ、これでやっと俺は普通の男に戻れるんだ。めでたい話じゃないか。……なのになぜ気が晴れないいんだろう？

食べている途中でうとうとし始めた美里を寝かしつけ、大人二人はまた酒盛りを続けた。シャンパンが空になり、備蓄のビールも底をつくころには、さすがの藤堂もかなり酔いが回っていた。これでは運転させるわけにはいかない。絢人はおずおず、「泊まっていく？」と訊いてみた。普通の友人ならあたりまえのことなのに、つい身構えてしまう。

「藤堂さんが着られるようなパジャマはないいんだけど……」

そう付け加えると、藤堂は眠そうな声で答えた。

「いいさ、下着のままで。ソファで一人で寝ろなんて冷たいことは言わんだろう？」

親族が泊まりに来るようなこともなかったから、余分の寝具など用意していない。絢人は、藤堂を寝室に伴《ともな》った。夫婦のベッドに男を入れることに、まったくためらいがなかったと言ったら嘘になる。しかし、それを聖域扱《あつか》いするほどの思いがもうないことも事実だった。

夜中過ぎ、少し酔いが醒《さ》めたとみえて、藤堂が手を伸ばしてきた。絢人は自分から下着を脱ぎ、藤堂の雄《オス》を導いた。中途半端に勃《た》ち上《あ》がっていたそれは、絢人の中に押し入るとみるみる硬度を増した。

絢人は震えるような溜め息をつき、足を藤堂の腰に絡めた。白魚のようだと言われた細身の男根に、藤堂の指が巻きつく。首すじにかかる息がしだいに熱くなる。絢人の喉からも、甘い喘《あえ》ぎが漏れた。藤堂に刺激を加えられている中心部だけでなく、つながっている部分にも吸われている首すじにも、新しい回路が開いたかのようだった。


久しぶりに朝までぐっすり眠った。美里も、夜中一度もぐずらなかった。隣には半裸のからだ。肌と肌がふれあって温かい。そのぬくもりは、行為の刹那的《せつなてき》な悦《よろこ》びを上回る充足を与えてくれる。絢人は隣のぬくもりに寄りかかるように寝返りをうち、その腰に腕をまわして夢うつつに呟いた。

「かなえ……」

腕の下で、筋肉質のからだがこわばる。そのとたんはっきりと目が覚めた。そして、自分が誰と寝ていたのか思い出して苦笑した。

——ばかばかしい。いつの夢だよ。

「おはよ」

苦笑いを微笑に変えて藤堂を見上げる。だがそこに情人《じょうじん》の笑みはなかった。

「藤堂さん？　どうか……」

ぐいと手首を摑まれる。指が引っ張られて痛い。はっと目をやると、いつになく険《けわ》しい顔をした藤堂が、左手の薬指から結婚指輪を抜き取ったところだった。

「逃げた女房が恋しいのか？　未練たらしい奴だな」

絢人はあっけにとられ、次いでむかっ腹をたてた。何が気に入らないのか知らないが、これは横暴というものだ。

「何するんです。返してください」

握り込んだこぶしに飛びつくと、藤堂はどこかが痛むかのように眉をひきつらせた。

「そんなに大事なものなら、大事なところにしまっとけ！」

言うなり、絢人のからだをひっくり返してのしかかってきた。指が荒々しく秘孔《ひこう》をまさぐる。

「いたっ……藤堂さん、何を」

指でも肉茎《にくけい》でもないものが、ぐい、と押しつけられるのがわかった。硬く冷たい感触。

「嫌だっ！」

何をされるかを知って、絢人は叫びを上げもがいた。だが、藤堂の膝はしっかりと絢人の両《りょう》腿《もも》を押さえつけ、大きな手は跳ね上がろうとする腰を摑んでいた。

「やめ…てっ、や……！」

指輪が内壁を擦《こす》って奥へと押し込まれた。絢人は枕に顔を沈《しず》めて、くぐもった嗚咽《おえつ》をもらした。どうしてこんな目に遭《あ》うのかわからなかった。ついさっきまで、あんなに満ち足りていたのに。

そのとき窓際のベビーベッドでは、この騒ぎに目を覚ました美里が、わあっと泣き声を上げた。

「ちゃあちゃん、ちゃあちゃん!」

その声に引っ張られるように、絢人はのろのろと体を起こし、トランクスを引き上げると、ベビーベッドに近づいた。泣きじゃくりながら両手を差し出している美里を抱き上げる。

「ちゃあちゃん、タイタイ? タイタイ?」

「タイタイないよ」

美里は「タイタイ」を繰り返し、絢人の頬に小さな丸っこい手を当てた。そこが涙に濡れているのを知って、幼心に慰《なぐさ》めようとしているらしかった。

藤堂は美里の声で悪い酔《よ》いから醒めたかのように、青ずんだ顔をうつむけた。

「――すまん。悪かった」

絢人は黙って美里を揺すった。しばらくそうしていると、やっと安心したのか、美里はまたうとうとと眠り込んだ。

泣き寝入りした幼児をベッドに戻すと、絢人は部屋を出て行こうとした。藤堂のうろたえた声が追ってきた。

「おい、どこに行くんだ!?」

「……バスルームに」

喉に引っかかるような声で返すと、藤堂は絢人の意図に気がついたようだった。

「自分じゃ取りにくいぞ。取ってやるからこっちに来い、絢人」

たしかに、自分のそこに自分で指を入れることは妙に抵抗があった。絢人はしばしためらったが、一つ吐息をつくとベッドに戻り、うつぶせて藤堂に身をゆだねた。

いつも使っているローションを指になじませて、藤堂はそっと絢人の中をさぐった。やがて硬いものが再び内壁を擦《こす》る感じがした。絢人がひくっと息を詰めると同時に、それはするりと後孔を抜けた。藤堂はほっと息を吐き、

「よし、取れた。これ、綺麗にするから預からせて……」

「捨ててください。もう要《い》りません」

絢人は硬い声で言うと、藤堂の腕をするりとはずして起き上がった。

「絢人」

藤堂はそう呼びかけたが、手は宙を泳いだ。絢人がベッドの端に身を避けたのだ。

「わかってます、契約ですからね。あなたには、俺をどんなふうにでもオモチャにする権利がありますよ。だけどこれは……悪趣味だ」

絢人は唇を噛んで顔を背《そむ》けた。ただ異物を入れられたというだけではない。すでに壊れた夫婦とはいえ、神の前で交わした誓《ちか》いのしるしを冒瀆《ぼうとく》されたのだ。震えがくるほどの憤《いきどお》りを、絢

人は自分の体にきつく腕を巻きつけて抑えた。

「帰ってください。今、あなたにここにいてほしくない。呼び出されれば行きますから」

藤堂は何か言いかけた。だが、絢人の表情を見てあきらめたように首を振り、そそくさと衣服をまとって部屋を出て行った。

その週末もまた次の週も、藤堂からの呼び出しはなかった。待っているつもりはないのに、鳴らない携帯電話を日に何度も開いてしまう。美里とウサギが写っている待ち受け画面をぼーっと眺めながら、絢人は「もう終わりなのかもしれない」と考えていた。次に連絡があるときは、契約の打ち切りを通告されるのではないか、と。そう思うと、言いようのない焦燥《しょうそう》が身を焼いた。そのくせ、切られたらどうやって生活するかという心配は、不思議と意識にのぼらないのだった。

だが、二十五日にはきちんと「手当」が振り込まれていた。手を切るつもりはないということなのか。そうなると、呼び出さないことが一種の詫《わ》びなのか、それともやはり嫌気がさしてのことなのか、絢人にはますますわからなくなった。

考えてみれば、花苗とこんなぶつかり合いをしたことはなかった。不満は受け流し、それでもつっかかってこられれば、自分が折れた。それで家庭に波風が立たなければいいと思っていた。たしかに花苗との生活は平穏だったが、相手のことを考えていたわけでもなかったのだ。今は目いっぱい考えている。会わないだけにいっそう深く。

藤堂は、これまで絢人のからだに道具を使ったことはない。それだからこそ、もしや遊びではないのかもしれないと幻想を抱くこともできたのだ。「ほかの誰か」が気になったのも、自分は特別だと思いたかったからだ。「愛」という言葉はなくとも、通い合うものはあるのだ、と。

——それにしても、どうしてあんなことをしたんだろう。何だか怒ってるみたいだったな。俺がほかの男とあるいは女と寝たとかいうんなら怒るだろうさ。重大な契約違反だものな。女房の名を呼んだのがどうしてそんなに気に障《さわ》る？　まさか……妬《や》いた？

ばかばかしい、と絢人は小さく呟いた。自分はやはりただのオモチャに過ぎなかったのだ。気まぐれに可愛がったり嬲《なぶ》ったりして楽しむために、金で買われたペット。そう思えば腹は立たない、つらくもない……はずだった。

めったにかかってこない家の電話が鳴ったのは、藤堂《とうどう》からの連絡が途絶えて二週間ほどたったころだった。出てみると、相手はタキオンの開発部長だった。ＣＧを使ってキャラを仕上げたので最終チェックしてほしいと言ってきたのだ。

愛人としては嫌気がさしていても、仕事は別ということだろうか。それともあの絵のことは、もう藤堂の手を離れているのだろうか。

「それ……藤堂さんからの指示ですか？」

そうでない方が気が楽だがと思って訊《き》いてみた。

『じゃなくて、デザイン部門の注文。内部の絵描きさんじゃないから権利問題あるし、目ぇ通してもらっとくと安心だから』

高取《たかとり》は例によってざっくばらんな調子で言う。絢人《けんと》はほっと肩の力を抜いた。

「わかりました、明日伺《うかが》います」

時間を約束していったん電話を切り、例の保育所に美里《みさと》を預ける予約を入れた。

次の日は早めに出て保育所に寄り、タキオン社には時間どおり着いた。制作部に入るのは二度目で勝手はわかっているから、受付嬢にちょっと会釈《えしゃく》をして奥へ通る。ドアのそばにいた若い社員に声をかけると、すぐ高取を呼んでくれた。

奥の方の、最新のパソコンがずらりと並ぶ一角に連れて行かれ、ディレクターの江副《えぞえ》に引き合わされた。江副は周りの社員たちに比べて、頭一つ分以上背が低い。丸っこい黒縁の眼鏡《めがね》をかけていて、顔の輪郭《りんかく》も丸いので、漫画の人物のような印象があった。高取が簡単に絢人を紹介して行ってしまうと、江副はごちゃごちゃと積み上げられたファイルやディスクケースをどけて、ゆがんだ椅子を掘り出した。

「こっち座って。今、画像出すから」

顔に見合ったかん高い声で言う。そして、指の短い丸まっちい手でマウスを操り、画面を調節してみせた。絢人の描いた「ヒネた」動物たちが、立体感のある映像となって回転する。

「これがメインの『ぺぺ』ね。色はどう？　もうちょっと濃い方がいいかな」

言われてモニターをのぞき込む。悪くない、と思った。

「いいんじゃないですか。なんか上品で」

江副は得意げな表情を浮かべ、さらに一つ一つを拡大して見せる。

「アースカラー主体にやってみたんだ。アニマルキャラにしちゃ大人っぽいっしょ」

それぞれのキャラについて細かい相談をしているうち、絢人のもの柔らかな受け答えに、江副もすっかりうちとけてきた。いつのまにか世間話になる。

「子持ちなんだってね。男の子？　女の子？」

「女の子です」

「あんたに似てたら可愛《かわい》いだろねえ」

そう言って、江副はぺろっと舌を出した。

「悪ぃ。男に可愛いって変だわな。俺、別にその趣味ないけど、うちもBLゲーム出したもんで、見る目がちぃと変わったかも」

ゲーム用語だろうか。聞き慣れない言葉にふと興味を覚えて、絢人は問い返した。

「BLて何ですか。RPGみたいな？」

江副はニヤリと笑って、指を左右に振ってみせた。

「ちっちっち。ボーイズラブ。要するにエロゲーの男同士版。来月発売なんだけど、思い切ってコミカルにしてみたわけ。テスターの評判上々、ヒットするよ、これ」

時間あるなら見てみる？　とCD-ROMを入れ替えた。

「耽美系《たんびけい》とか鬼畜系とか甘々系とかいろんな路線あるんだけど、うちみたいな後発組は、やっぱひと味変えなきゃ太刀《たち》打ちできないからね。んで、コミカル・リアルが売り。社長の体当たり取材の賜物《たまもの》だよ」

「体当たり――？」

食事中に砂粒《すなつぶ》を嚙み当てたような、嫌な感触があった。「男同士」という言葉を耳にしたときに生じた引っかかりが、ある形をとってきたのだ。

「社長は何でも自分でやっちゃう人だからさ。会社設立の登記簿まで自分で書いたんだよ、資料とくびっ引きで。普通、専門家に任すよねえ。で、銀行さん、『こんな汚い登記簿は初めて見た』だって。社長、腕っぷしは強いけど、字だの絵だのはてんでダメなんだ」

「自分でやったたって……つまり男同士で」

気圧の関係で耳が変になったように、自分の声が遠い。唾《つば》を吞み込もうとしたが、口の中がカラカラだ。

「ジュクで男娼《だんしょう》買ってみようか、て案もあったんだけど、ノンケの素人《しろうと》の方が面白《おもしろ》くなるんじゃないかって。本番やってくれる素人さんなんて、よく見つけてきたと思うよ」

江副はこともなげに言う。目の前に、その「本番をやってくれた素人さん」がいるとは、思いもよらないのだろう。

画面ではオープニングが終わり、キャラの紹介が始まっていた。

「少し飛ばすか。……このへんが一番くるんだ。フルボイスだからこれつけて。そりゃうちで作ったもんだけど、職場に流すにゃまずい音声っしょ？」

ヘッドホンから聞こえてきたのは。

『うひゃあっ』

『動かさないで！　せっかく落ち着いたのに』

『いたっ、いたたっ、やっぱりゆっくり！』

声優が、自分の発した言葉をなぞってオーバーに演技している。いったん頭から下がった血が逆流してくるような気がした。怒りと屈辱《くつじょく》で耳が熱い。いたたまれない。

江副はそんな絢人の表情には気づかない様子で、くすくす笑った。

「ね、面白いっしょ。リストラされたノンケのリーマンが男相手に身売りする展開で、深刻なはずなのになんかおかしくてね。本来女の子向けなんだけど、けっこう男にも受けそうなんだ。うち、このところヒット出なくてジリ貧だったから、これでひと息つけるよ」

絢人はヘッドホンをむしり取った。ものも言わず立ち上がる。いや、言葉も出ないほど衝撃を受けていたのだ。ペットどころか、これでは実験動物ではないか。

「あれ。やっぱ、こういうの気色悪い？」

江副が心配そうに見上げてきたとき、最悪のタイミングで聞きたくなかった声を聞いた。

「サウンド部門は何やってんだ。また佐野《さの》のヒッキーか？　俺はもう迎えに行かんぞ」

声高に宣言して通路の向こうのブースから出てきた藤堂の目が、絢人の真っ青なこわばった顔を捉えた。はっと目を瞠《みは》り、

「君、どうしてここに……？　ああ、デザインを見に来たのか」

そう言って、気まずそうに視線をそらせた。黙って立ちつくしている絢人に代わって、江副が能天気な声を上げた。

「あれ、気に入ってもらえました。ついでにうちの起死回生の名作をお見せしてたんすよ。『えっちでゴハン』」

それを聞くと、藤堂の顔からも血の気が引いた。口の形で「くそったれ」と呟いたのがわかった。絢人の様子が普通でないわけを悟ったのだろう。彼は大股《おおまた》に近づくと、立ちすくんでいる絢人の肘《ひじ》を捉えた。

「社長室に行こう。何もかも話すから」

絢人はその手を振り払った。

「面白いゲームができてよかったですね。あの指輪は鬼畜ネタってわけですか。そりゃ、月三

十万も払ってりゃモトは取りたいでしょう。フェラも知らない素人なんか、ゲームのネタくらいしか使い道はないですよね！」

言《い》い募《つの》るうち、しだいに声が高くなる。自分の言葉で自分を煽《あお》ってしまう。騒ぎに気づいて、近くのブースから、数人の社員たちが何事かと顔を出した。

「おい、ちょっと待て！　君は勘違いしてる。話を聞いてくれ」

藤堂は、周囲の目もかまわず声を張り上げた。

「言うことを聞け、ってわけですか」

絢人は冷笑を浮かべて切り返した。そんな笑い方が自分にできるとは夢にも思わなかったが。

「ごめんです。あれを聞けばもうたくさんだ」

言い捨てて早足でオフィスを出る。

「絢人！」

藤堂は追いすがってきて、閉まろうとするエレベーターの扉を強引にこじ開け、乗り込んだ。そして、息を切らせながらかき口説《くど》く。

「俺はたしかに、ネタを仕入れるためにおまえを利用した。だけど、俺はもともとゲイじゃない。男なら誰でもいいってわけじゃなかった。おまえなら抱けると思ったんだ」

このうえなく率直な告白にも、絢人は心を動かされなかった。横目で疑わしく睨《にら》み、

「初めから慣れてたじゃないですか」

藤堂はやっきになって抗弁した。

「そりゃこの年まで独り身でいれば女は数こなしてるが、男は未体験ゾーンだったんだ。おまえがあんまり硬くなってるから……、俺が平気でなきゃよけい気まずいだろうが」

下っていたエレベーターは一階に止まって扉が開きかけたが、藤堂は叩きつけるように「閉」ボタンを押した。

「ネタに使ったのは、あの最初のときだけだ。それと二回目のインタビューというか。それから後は本当に私的な関係で」

「もういいです」

絢人はぴしりとさえぎった。

「どこまでがゲームでどこからが本当なのか俺にはもうわからない。とにかく俺はもう、こんなことはごめんだ。コンティニューボタンを押す気はありませんから」

そのとき、ドアが開いて数人の客が入ってきた。絢人はその隙間をすり抜けていった。


その後、藤堂から何度も電話はあったが、絢人は出なかった。声を聞いたら、逆上してどんなひどいことを言ってしまうかわからない、と思ったのだ。このうえ泥仕合《どろじあい》はしたくなかった。

携帯の電源を切っていると、藤堂は家の電話にもかけてきた。思い余ってタキオン社と藤堂個人の番号を着信拒否に設定すると、やっと電話は沈黙した。三日ぶりに静寂が訪れた。

——俺が相手にならなきゃ、ほかの愛人のところに行くさ。それでいい。これで終わりだ。どだい、ゲイでもないのに金ずくで男に抱かれてた方が変だったんだ。

鳴らなくなった電話を前に、そう自分に言い聞かせた。だが、風邪をひきかけてでもいるように、まぶたが火照《ほて》って喉のあたりがひりひりした。

この三日間というもの、自分のことにかまけていたので、美里の様子がおかしいのに気づくのが遅れた。いつになく大人しいと思っていたが、夜になって寝かせつけようとすると、妙にぐずる。

「ちゃあちゃん。ポンポン、タイタイ」

片言で腹痛を訴《うった》えてきたのだ。絢人は眉をひそめた。

「おなか痛いって……冷えたのかな。湯上がりに裸で逃げ回るからだぞ。夕飯は白身魚のあんかけと、あと何食わせたっけ。がっがちゃん、持ってこうか？」

「がっがちゃん、やあ」

美里は唇をひん曲げ、泣きべそで言う。お腹をこわしたわけではないのだろうか。

「ウンチない？　じゃあ、暖めてみようか」

ホッカイロをガーゼのタオルに包んでいると、遠慮がちにインターホンが鳴った。美里の泣き声を背に、玄関に立つ。

「どなたですか」

インターホンから応《こた》えたのは、しゃがれたような藤堂の声だった。

『俺だ。頼む、ちょっとでいい、話せないか』

とっさに言葉が出なかった。電話を拒《こば》まれたからといって家に押しかけてくるような、なりふり構わぬ行動に出るとは思わなかった。その沈黙をどう取ったものか、藤堂の声に哀願の響きが混じった。

『なあ、絢人。機嫌直してくれよ』

絢人はいらいらと頭を振った。藤堂のせっぱ詰まった声に、自分の中の意固地なものがぐらつくのを感じたが、今は藤堂との関係を考え直すような余裕はない。

——なんて間の悪い人だ。

「帰ってください。こっちはそれどころじゃないんです」

平静を装おうとして、つい、そっけない言葉を返してしまった。

『——それどころじゃない、だと？』

藤堂は唸《うな》るように切り返してくる。さすがにプライドを傷つけられたようだ。

『ここ開けろよ。顔見せないと近所中に響く声でわめいてやるぞ。俺を捨てるのかって』

本気だと示すように、ドアが外から強く叩かれた。絢人は溜め息をつき、細めに開けた。

「だだっ子ですか、あんたは」

三日ぶりに会う藤堂は、ひどく憔悴《しょうすい》していた。正月にいきなり立ち寄ったときも余裕のない様子をしていたが、今は崖《がけ》っぷちに立ってでもいるようだ。それでも絢人の顔を見てわずかに眉を開き、何か言いかけた。そこで藤堂は、奥から漏れる幼児の泣き声に気がついたらしい。長く尾を引く泣き方に、表情を険《けわ》しくして、

「おい。美里がどうかしたのか」

絢人は冷淡に突っぱねた。

「他人の子を気安く呼ばないでください。さっきから具合が悪いんです。そっとしといてくれませんか」

そう言って、ドアを閉めようとしたが、

「具合が悪い？」

藤堂はいっそう険しい顔になり、ドアの隙間《すきま》に靴《くつ》の先をこじ入れて強引に入ってきた。立ちはだかる絢人を押《お》し退《の》け、靴を蹴脱ぐなり、ずかずかと奥へ踏み込んでいく。

「藤堂さん！　住居侵入で警察呼びますよ！」

美里は窓際のベビーベッドの中で体をくの字に曲げて、か細く泣いていた。藤堂は、その腹に引きつけた足を摑んで伸ばした。泣き声が急に高くなる。絢人は慌てて藤堂の肘《ひじ》を捉えた。

「ちょっと、何するんです！」

「そっとしとくなんてとんでもない。すぐ救急センターへ行こう」

藤堂は絢人の剣幕にも頓着《とんちゃく》せず、ベビー毛布ごと、幼児を抱《かか》え上《あ》げる。絢人はかっとなっ

て奪い返そうとした。

「あんたに関係ない、余計なお世話だ」

「バカ！　意地を張ってる場合か！」

パン、と高い音が頬ではじけ、一拍おいてじわりと熱くなった。頬を押さえて茫然と見返すと、藤堂は手を上げたことを詫《わ》びるでもなく、さらに大きな声で怒鳴った。

「俺の弟が手遅れになったときと同じなんだよ！」

「手遅れ……？」

その言葉の衝撃で、心臓のあたりがキーンと冷たくなる。

「腸重積《ちょうじゅうせき》か腸捻転《ちょうねんてん》か。とにかく小さい子は勝負が早い。文句は後で聞く！」

美里を抱えて玄関を飛び出す藤堂のあとを、絢人は慌てて追いかけた。コーポ前の道路わきに、見覚えのある車が停まっていた。「救急車は」と言いかけると、藤堂は、「病院はすぐそこだ。呼ぶより行った方が速い」と返して後ろのドアを開け、美里ごと絢人を押し込んだ。

救急病院では、幸い長く待たされることもなく診察を受けることができた。藤堂の押しの強さがものを言ったのかもしれない。美里は藤堂の診立《みた》てどおり、腸重積だった。当直の研修医はすぐ小児科医を呼び出してくれた。寝癖《ねぐせ》のついた頭で駆けつけた小太りの医者は、見かけによらずてきぱきと、

「お子さんはアレルギーないですね？　あ、承諾書にサインを。……大丈夫ですよ、年間何例

も手術してますからね。でも、朝まで待ってたら間に合わなかったですよ」

やがてスタッフが揃《そろ》い、美里は麻酔をかけられて手術室へと運ばれて行った。絢人にできることは、待つことと祈ることだけだった。

手術室前のベンチに腰を落とした絢人の手に、いつのまに買ってきたのか、隣に座った藤堂から熱い缶コーヒーが押しつけられた。絢人はそれをぎゅっと握り締めた。

「さっきの話だけど」

「ん？」

藤堂は缶のプルタブを引き上げながら、絢人に振り向いた。

「弟さん。……亡くなったんですか」

藤堂は目をそらし、はぐらかすように言った。

「美里ちゃんは大丈夫だ。切れば治る」

「美里のことじゃなくて。弟さん、手遅れになったというのは」

食い下がる絢人に、藤堂は溜め息をついてぼそっと返した。

「うちは母子家庭でな」

藤堂は言葉を切ると、ひと口コーヒーを含《ふく》んだ。

「俺の下に三人もいて、親父《おやじ》に蒸発されたんだ。中二のころだったかな。母親が夜昼なく働いてる間、チビどもの面倒を見るのは俺の役目だったが」

藤堂は、淡々と身の上話を始めた。絢人は黙って耳を傾けた。そして、彼の人生も、けっして順風満帆《じゅんぷうまんぱん》ではなかったのだと知った。

父を奪われるということは、子供にとっては母を奪われるということでもあるのだ。母が父の役目もするとなれば、そのしわ寄せは年かさの子供に来る。また、監督する親がいなければ、悪い友だちに誘われて夜遊びするようになるのに、さほど長い時間はかからない。ゲームセンターで仲間とたむろし、センパイにタバコを分けてもらい、バイクの後ろに乗るようになり、少年はどんどん深みにはまっていった。

ある日、少年が夜更けて家に帰ったとき、前夜から腹痛を訴えていた幼い弟は、もう虫の息だった――。

藤堂は静かな口調で締めくくった。

「おふくろは俺を責めなかったよ。なおさら辛《つら》かった。無責任な親父の血が俺にも流れてると思った」

だから結婚はしない、と小さく呟く。その精悍《せいかん》な顔を、ふと哀切な表情がよぎった。

「働いて働いておふくろは早死にした。資格も技術もなく子供を抱えて一人で働く女に、ろくな仕事は回ってこないからな」

絢人は、はっと顔を上げた。あの出会いを思い出したのだ。エレベーターの中で、いきなり「職を探しているのだろう」と訊いてきた。それを知っていたということは、「乳飲み子《ちのご》抱えた女を雇うようなもの」という人事部長の言葉も聞いていたのでは……。

「藤堂さん。俺に声をかけたのは、愛人になれと言ったのは、もしかして同情──？」

 絢人はこわばった声で問いかけた。心にかけてくれたのは嬉しい。だが、すべてを同情で片づけられてしまったら、絢人の思いは行き場がない。

　藤堂は、なぜか間の悪い顔をした。

「それだけなら、うちの会社の適当な部署に突っ込むか、出入りの業者に紹介するか、ほかに方法はいろいろあったさ」

　酔《よ》ってもいないのに目のふちをうっすらと赤くして、芝居がかった口調で言う。

「かわいそうたあ惚《ほ》れたってことよ、という軽口があるんだ。知ってるか？」

　例によってわけのわからないたとえ話か、と絢人は首をかしげた。

「感度はいいくせに鈍《にぶ》いんだなあ」

　藤堂はますます赤くなって、早口に言った。

「おまえを手放したくなかったんだよ」

　それを聞いて、絢人も、ぽっと目もとを染めた。飾らない言葉が心地よかった。

　――「愛してる」なんて似合わない。この人らしいパスワードじゃないか。

　藤堂が心から自分を求めてくれているのなら、それでいい。ほかに誰がいようと、自分に向き合っているときの藤堂は、ただ自分だけを見てくれていると信じよう。ただし、コンティニューボタンは押さない。先の見えないゲームはもう終わったのだ。

絢人は藤堂の缶コーヒーに、自分のそれをかちんと打ちつけた。いぶかしげに見返す藤堂に向かって、悪戯《いたずら》っぽく片目をつぶる。

「ラストステージ・クリア」


美里《みさと》の入院は三週間に及《およ》んだ。乳幼児には家族の付き添いが原則の病院で、絢人《けんと》はむろん付き添うつもりだった。会社勤めだったらできないことをしてやれる。職を失ったことの唯一《ゆいいつ》の利点だとさえ思った。だが、病院の事務職員から「泊まり込みは女の方でないと……」と言われて、絢人は途方に暮れてしまった。助け舟を出したのは藤堂《とうどう》だった。

「二人部屋や四人部屋じゃ、そりゃまずいだろう。よそは母親が付き添ってるんだからな。だが個室なら問題あるまい？」

さっさと手続きして、特別個室を押さえてくれたのだ。おかげで絢人は、付き添い用のベッドで手足を伸ばして眠ることができた。といっても、傷が痛むのか夜中にぐずる美里に何度も起こされたが、それをつらいとは思わなかった。美里を失わずに済んだことが、何よりもありがたかった。

退院の日、藤堂は車で迎えに来て、そのままコーポの部屋に上がり込んだ。久しぶりのわが家に興奮気味の美里は、とたとたと家中を駆け回る。それをダイニングの椅子に腰かけて笑って見ていたかと思うと、藤堂は何でもないことのように持ちかけてきた。

「なあ。いっそうちに住まないか。美里と三人で暮らそうや」

気軽な調子の裏に、何やら緊張が感じられた。本気で言っているのだと思うと、絢人の胸も波立ってくる。だが、絢人はすげなく返した。

「それだと、ほかの愛人さんがおさまらないんじゃないの」

藤堂はしんから怪訝《けげん》な顔をした。

「何の話だ」

「ほかに何人も抱《かか》えてるくせに。高校生まで囲って、悪い人だ」

からかい半分だが意地悪な口調になったのは止《や》むを得ないだろう。「ほかにもいる」ことを仕方のないこととして受け入れようとは思っても、やはり平静ではいられない。

藤堂は凜々《りり》しい眉の下で、ぱちぱちと目を瞬《しばた》いた。

「高校生って……そりゃゲームテスターだろう。素人《しろうと》に新作をやらせて率直な感想をもらうために契約してるんだよ。言ったじゃないか、うちみたいなとこは外注が多いって。そりゃ遊んではいるが、俺にはきまった相手はいない――おまえのほかには」

その面くらった様子は、どうも嘘をついているようには見えない。高取《たかとり》との会話を頭の中で再現してみる。そういえば、その手の話にしてはずいぶんあっけらかんとしていた、と思い当たった。絢人はもうひと押し追及した。

「週一なのに？」

「ただ忙しいだけだ。それにおまえも本来ゲイじゃないんだから、あまり追い回すと逃げられるかと思ってな。本当は毎日だって抱きたかったさ」

堂々と宣言されて気恥ずかしくなり、絢人はとぼけてみせた。

「毎日だと飽《あ》きないかな」

藤堂は大真面目《おおまじめ》で答えた。

「お茶漬けは飽きないもんだ」

「メザシも？」

二人してぷっと吹き出し、肩の叩き合いから自然に抱き合う。軽く唇を合わせて絢人はすぐ身を離した。美里が変に静かだったからだ。捜してみると、廊下で子猫のように丸まって眠り込んでいた。藤堂が抱き上げて寝室に運び、ベビーベッドに寝かす。

「よし。次はおまえの番だ」

藤堂はそう言うなり、絢人を抱き上げて大人のベッドの方に落とした。そのまま覆《おお》いかぶさって、襟《えり》もとに顔を埋《うず》めてくる。

「ちょ、ちょっと待って、藤堂さん」

「待てるか。入院中もずっと我慢してたんだぞ」

確かに、「毎日でも抱きたい」男にしては、よく辛抱《しんぼう》したものだと思う。だが、絢人にも譲《ゆず》れない線がある。なしくずしに同棲《どうせい》する前に、きちんと話しておきたかった。

「さっきの、一緒に暮らすって話。それはいいけど、一つ条件が」

「条件？」

藤堂は不安そうに眉をひそめた。絢人は気を持たせずにずばりと言った。

「いつまでも『えっちでゴハン』は嫌だ。ゲームのデザインで食べていけるように勉強したい。本式に」

「——俺と別れるってことじゃないよな？」

探るような目でのぞき込んでくる。絢人は、まっすぐその目を捉《とら》えた。

「対等でいたいんだ。そうでないと自分の気持ちが嘘になりそうで」

藤堂は真面目な顔でうなずいた。

「それは俺も考えた。俺に囲われなくてもやっていける。そうなったとき、それでも一緒にいてくれないかと言うつもりだった」

——ああ、そうだったのか。

心の曇りが晴れていく。藤堂の思いと自分の思いは、根っこのところで一つだったのだ。

「俺の方にも条件をつけさせろ。いいかげん『藤堂さん』はやめろよ。名前で呼べ」

「対等だと思えるようになったらね」

やがて、ベッドのスプリングのきしむ音に混じって、いたるところに口づけする湿った音が聞こえ始めた。その音が、いっそう二人の熱を煽《あお》る。思えば、こうして互いのからだを味わうのは、シャンパンで乾杯した夜以来なのだ。絢人はねだるように鼻を鳴らして、藤堂の首に腕を投げかけた。それに応《こた》えて藤堂の手が「白魚」にかかったところで、インターホンが鳴った。

「あ……」

思わず頭を上げる。藤堂は「放っとけよ」と耳うちして、絢人を引き戻そうとした。

「ご近所の人だったらまずいよ。ゴミ出しのこととか町内会費とか」

「所帯じみた奴《やつ》だな」

途中で邪魔されて、藤堂はふてくされたようにベッドに転がる。絢人は玄関ホールに出て行き、インターホンを押した。

「どちらさま?」

『……あたし』

すうっと頭から血が下がった。出て行った妻、花苗《かなえ》の声だったのだ。

『今、話せる? 美里は元気?』

「ちょ、ちょっと待って。火をかけてるんで」

とっさに言いつくろって、バタバタと寝室に戻る。

「どうしよう。花苗が」

「え。女房、か？」

藤堂は目を丸くして体を起こした。絢人はおろおろとあたりを見回し、

「美里を見に寝室に来るかもしれない。そうだ、バスルームに入ってて」

藤堂はむっとした顔で言い返した。

「ちょっと待て。俺は別に間男してたわけじゃないぞ。なんでこっちが逃げ隠れ……」

悠長に議論している場合じゃない。絢人は初めて藤堂を怒鳴りつけていた。

「ごちゃごちゃリクツこねるなっ」

子供のように叱《しか》り飛《と》ばされて、藤堂はひと言もなくバスルームに転げ込んだ。ドアがぴしゃりと閉まるのを確かめて、絢人は玄関に戻った。

「ごめん。なんか取り散らかしてて」

家に招き入れられた花苗は、居心地悪そうにダイニングの椅子に腰を下ろした。半年あまりも遠ざかっていたわが家は、やはりよそよそしいのだろう。あたりに目を走らせて、

「よく片づいてるじゃない。誰かいるの？」

「えっ」

絢人が思わず声を上げると、花苗はぎこちなく笑った。

「冗談よ。ハウスクリーニングでも頼んでるのね。仕事人間のあなたに、そう簡単に新しい女

の人ができるはずないもの」

　女ではなく男とできてしまったと知ったら、花苗はどういう態度に出るだろうか。完全主義というか神経質なところがある彼女に、いきなりそんな爆弾は投げられない。絢人は、二番目に悪いニュースで様子を見ることにした。

「会社、クビになったんだ。今は在宅で仕事してる」

　それを聞くと、花苗は眉をひそめ、唇を舐《な》めた。

「それって……あたしのせい？」

　絢人は首を振った。

「そんなふうには思ってない。子供が小さいと働けないって社会の方がおかしいんだ。正直、君は楽してると思ったことあるよ。子供と家でごろごろしてりゃいいんだから、と。そんなもんじゃないよな。子供って、親をまるごと必要とするんだ。母親でも父親でもそれは同じだろ」

　花苗はまじまじと絢人を見つめた。

「変わったわね、あなた。何かふっきれてるっていうか。もっとぐじぐじしてるかと」

「君は、俺が断り切れなくて結婚したんじゃないかと言ったんだってね。そうかもしれない。だけど好きでなけりゃ、いくら強引に迫られたって肌を合わせるなんてできっこない」

　そう口に出してみて、あらためて絢人は自分の心の底をのぞき込んだ気がした。

――そうだ。エレベーターの中のキスが本当に嫌だったら、俺は藤堂の誘いに乗ったりしなかった。

男とからだを重ねるなどということができたのは、相手が藤堂だったからだ。その破天荒《はてんこう》な言動に度肝《どぎも》を抜かれ、呆れ返り、変な男だと首をひねった。だが、そうした傍若無人《ぼうじゃくぶじん》なふるまいの中に、こちらを気遣《きづか》う思いが感じられなかったら、とまどいが好意に変わることはなかっただろう。

絢人が自分の思いに沈《しず》んでいると、花苗は焦《じ》れたように言った。

「ねえ、何を考えてるの？」

「俺は俺なりに君を愛してたってことさ」

その言葉に嘘はなかった。そして今も、花苗を恨《うら》んではいない。少なくとも、美里と二人取り残されるまでは、暖かい家庭のある幸せを与えてくれたのだ。そして、そのときまでにより苦しんだのは花苗だったはずなのだ。済まない、と思う。だが自分が今すべきことは、花苗に詫《わ》びて戻ってきてもらうことではないと思った。

花苗は、絢人の言葉の過去形には気づかなかったらしい。ずばりと本題に入ってきた。

「あなた、離婚届まだ出してないわね。あたしに戻ってほしいってこと？」

絢人はそれには答えず、逆に質問した。

「どうして届が出てないとわかった？」

花苗は困ったように、膝に置いた手に目を落とした。絢人は自分の推測を口にした。

「新しい人と入籍しようとしたんじゃないの？」

婚姻届《こんいんとどけ》を出そうとして役所に行って、離婚届が提出されていないことを知り、様子を見に来たのではないかと思ったのだ。花苗はいくらか恨めしげな口調で切り返してきた。

「あなた、よく気が回るようになったのね。一緒に暮らしてたころは、私が何を考えてるかなんて気づきもしなかったくせに」

それにはひと言もない。情けない思いで肩をすぼめる。花苗は切り口上で言った。

「誤解しないでね。たしかに、今は私は別の人と……。でも家を出たのはその人のせいじゃないのよ」

「うん。そうだろうと思ってたよ」

絢人はわだかまりなく受け入れた。それが嫌味でも負け惜しみでもないことを、花苗は感じ取ったらしい。

「あなた、ほんとに変わったわね」

つくづくと言われて、自分を変えた人のことを黙ったままで別れ話を進めるのは卑怯《ひきょう》だという気がした。向こうは手の内をさらしてきているのだから。どう説明しようかと迷いながら、言葉を繰り出す。

「そうかもな。それはたぶん」

そのとき、大きな手が肩に置かれた。振《ふ》り仰《あお》ぐと、髪をなでつけ衣服を整えた藤堂がそこにいた。さっき絢人に怒鳴られてバスルームに消えたのと同一人物とは思えないほど、堂々としていた。

絢人は今こそ決心がついて、すっと背筋を伸ばした。

「じつは俺、今、この人と」

だが藤堂は、あの豊かなバリトンでさえぎった。

「ご主人とは、仕事上のいいパートナーでしてね。ゲームクリエイターとしての才能を高く買ってるんですよ。今も打ち合わせをしていたところです。お子さんがいらっしゃるので、こちらから訪問している次第です」

押し出しが立派なだけでなく、落ち着き払って後ろ暗いところなどみじんもない。花苗は藤堂の言葉を疑いもせず、しとやかに会釈《えしゃく》した。

慌てたのは絢人の方だ。「仕事上のパートナー」というのは全くの嘘ではないが、それ以外の部分の方が大きい二人の関係ではないか。どう取りつくろっても、その場しのぎにしかならない。だいいち絢人は、藤堂のことを隠し通すつもりはないのだ。

「え、あの」

声を上げかけると、黙っていろと言わんばかりに、肩をぎゅっと摑まれた。その高圧的な態度に、絢人はむっとしながらも、花苗の手前もあって言葉を呑み込んだ。

花苗も、他人の前で夫婦の込み入った話はできないと思ったのだろう。「美里に会ってきていい？」と言って腰を上げた。彼女の姿がリビングから消えるとすぐ、絢人は押し殺した声で囁いた。

「どういうつもりだよ？　カミングアウトしちゃまずいってのか？」

つい気色ばんでしまう。花苗が来る前はあんなに熱くなっていた藤堂が、今は悟り切ったように冷静なのが、どうも釈然《しゃくぜん》としない。

「後で話そう。今日のところはこれまでだ」

藤堂は沈鬱なまなざしでそれだけ言った。それ以上何も言わせない雰囲気《ふんいき》が漂《ただよ》っていた。

花苗と前後して、藤堂も帰って行った。「後で話そう」というから夜にでも電話してくるかと思ったのに、何の連絡もない。妙な胸騒ぎがした。

次の朝になって、ようやく藤堂は呼び出しをかけてきた。家だと花苗がふいに訪れるかもしれない、という心配はわからないでもないが、いつものホテルでも会社でもなく、多摩川《たまがわ》にかかる橋の上、という奇妙なロケーションだった。美里を預けて外で会うのは久しぶりだが、絢人の心は弾《はず》まなかった。

春とはいっても暦《こよみ》の上だけのことで、川から吹き上げる風はまだ冷たい。だが、駅前から急ぎ足で来た絢人には、かえって心地よいくらいだった。どこかで梅でも咲いているのか、風に乗って馥郁《ふくいく》と香ってくる。絢人は欄干《らんかん》にもたれてぼうっとしていた。

そういえば、待ち合わせ場所に自分が先に来ているのは珍しいことだった。たいてい藤堂が先に来ていて、嬉しそうに片手を上げて招くのだ。そう思いつくと、待たされていることが不安になった。絢人は顔を上げ、あたりを見回した。

そのとき、橋のたもとで車を停めて、こっちへ歩いてくる長身が目に入った。寄りかかっていた欄干から身を起こし、

「変なとこに呼ぶんだね」

こんな所に呼び出した藤堂の意図が摑《つか》めず、探りを入れてみる。

「人目がある開けた場所の方がいい。室内だのうっそうとした公園だのじゃ、押し倒したくなるからな」

「それのどこが問題?」

茶化すように返したが、藤堂の目は笑わない。絢人の横に並び、黙って川面《かわも》を見つめていたかと思うと、唐突に言った。

「美里ちゃんに俺のような思いをさせるな」

「それはどういう――」

とまどって訊《き》きただそうとすると、藤堂は向き直って押しかぶせてくる。

「病院でも見ただろう。付き添いはみんな女親だ。いくらおまえが可愛《かわい》がってても、母親と同じってわけにはいかない」

「それは……俺も最初はアレだったけど、今は美里をちゃんと育てていく自信が」

絢人の抗弁を、藤堂は途中で断ち切った。

「両親が揃《そろ》ってないことで、この先美里がどれだけつらい思いをするか。それを一番よく知ってる俺が、美里から母親を奪うわけにはいかない。相手が帰ってこなけりゃしょうがないが、こないだの様子じゃ、女房はおまえに愛想《あいそ》をつかしたってわけでもなさそうだ。少しでも可能性があるなら、子供のために夫婦関係たてなおす努力をしろ。それが父親の責任てもんだ」

生真面目に言い切って欄干から離れ、ポケットから黒い小箱を取り出して絢人に差し出した。

「これ」

その形から見当はついたが、絢人は手を出さないまま、問い返した。

「なに?」

「おまえの指輪だ。捨てろと言われたが、磨《みが》きに出しておいた。……許してくれ。見苦しいことをしたと思う。女房がいたのは承知でモノにしといて、ジェラシーなんてな」

自嘲《じちょう》めいた笑みが藤堂の唇をゆがめた。

――ジェラシー。やっぱりそうだったのか。

あのときの直感は、間違ってはいなかった。自分はオモチャ扱《あつか》いされたわけではなかったのだ。だが、今それがわかっても何になるだろう。

やっと、花苗との終わりを前向きに受け入れることができた。「ほかにはいない」という言葉を信じて、藤堂と対等な関係を築き上げていこうと決心した。その今になって、藤堂は身を引こうとしているのだ。こんな形のゲームオーバーなど、自分は望んではいなかったのに。

何と言っていいかわからず、絢人は黒い小箱から目を離すこともできずにいた。すると藤堂は、力なく垂れたままの手をとって、指輪のケースをねじ込んできた。そして絢人の耳に口を寄せた。

「俺とやったように気合を入れて女房を抱け。大丈夫だ、女房もきっと惚《ほ》れ直《なお》す。——俺が惚れたんだからな」

それだけ言うと、くるりときびすを返した。こちらを見ないで片手をひょいと上げ、早足で歩き出す。だが、その後ろ姿にかつての精悍《せいかん》な獣《けもの》の面影《おもかげ》はなかった。

「藤堂さん」

絢人の呼びかけに、藤堂は振り向かない。

「藤堂さん！」

やや声を大きくして呼んでみた。聞こえないのか聞かないのか、彼は足を速めた。例の大股《おおまた》で、ぐんぐん絢人との距離を開いていく。いつも絢人が早足で追いかけて、それでも置いてい

かれそうになると、立ち止まって待っていてくれた。だが、もう二度と、藤堂は自分を待たない。そして、どんなに待っても来てはくれない。

それは藤堂も同じだ、と思った。彼は、誰も待ってはいない家に帰って行くのだ。あの大股で、広い背中に孤独を背負って——。

胸の奥で何かが弾《はじ》けた。

「克己《かつみ》っ！」

とうとう絢人は叫んだ。今まで口にしたことのない、彼の名を。鞭《むち》で打たれたように藤堂の足が止まった。ひどくゆっくりと、おそるおそるといってもいい物腰で、藤堂は振り向いた。

絢人はその顔に目を据えて、腕をまっすぐ横に伸ばした。肘から先は橋の欄干を越えている。手には指輪のケース。絢人はそれをぱっと放した。黒い小箱はまっすぐ落下し、小さな水音をたてた。

目を大きく見開いて立ちすくむ藤堂に向かって、絢人は駆け出した。数十メートルの距離が、ひどくもどかしかった。密度の濃い液体の中を泳ぐようだった。

橋の中ほどで、厚い胸と強靭《きょうじん》な腕に受け止められる。わずかの距離を走っただけなのに、鼓動《こどう》は高く鳴っていた。

藤堂は舌をもつれさせた。

「絢人——どうして」

そして初めおずおずと、それから耐えかねたように強く絢人の背を抱き寄せてきた。引き寄せられて顔をうずめると、藤堂の胸も高くとどろいているのがわかる。

絢人は顔を上げ、ゆっくりと言った。

「花苗には迎えてくれる男がいる。でもあんたには誰もいない。あんたのあんな後ろ姿は見たくないんだ」

精悍な眉が泣きそうにゆがんだ。

「おまえに同情されるとは思わなかったな」

その憮然《ぶぜん》とした顔を見上げて、絢人は微笑《ほほえ》んだ。

「惚れたってことよ」

藤堂のようにおどけようとしたが、その声は震えて濡れていた。そのとき、耳もとにひときわ優しい声が囁《ささや》いた。

「――バカだな」

絢人はうっとりと目を閉じて、その唇が耳朶《じだ》を食《は》むのを待った。

リロード!

それは日曜の夜だった。

絢人《けんと》が仕事場にしている二階突き当たりの小部屋でパソコンに向かっていると、背後でドアの開く音がした。そして、藤堂《とうどう》の精一杯ひそめた声。

「おい。美里《みさと》、寝たぞ」

絢人はモニタ右下の表示に目をやった。午後十時をとうに回っている。仕事に没頭《ぼっとう》して、すっかり時のたつのを忘れていた。

いつもなら、美里を入浴させたり寝かせつけたりは、絢人の役目だ。だが、今日休みだった藤堂は、締め切りの迫っている絢人に代わって美里の遊び相手をつとめた上、何から何まで面倒を見てくれたのだ。悪いとは思ったが、気が急《せ》いていた。絢人はモニタに顔を向けたままで言った。

「ありがと。助かる」

だが、ドアは閉まる気配がない。絢人は溜め息をついて頭だけ振り返った。パジャマ姿の藤堂が、何かを待つように立っている。

「俺、まだ寝られないから。これ、明日までに仕上げないと」

藤堂はそれを聞いてあきらめて去るどころか、部屋に入ってきた。机のすぐそばまで来て食い下がる。

「ゆうべも疲れた疲れたって、ベッドに入るなりスカスカ寝ちまってたな。ゴールデンウイークが明けたら暇になるって言ったくせに、もう別の仕事を入れてるのか」

絢人はまた溜め息をついた。

——ほんとにだだっ子だよな。いい年して。

「仕方ないよ。何とか間に合わせてくれと頼まれたら、いやとは言えないだろ」

これでけりはついたとばかりモニタに向き直った後ろ頭に、藤堂は追いかけて、

「あまり無理を聞いてやってたら便利屋になっちまうぞ。仕事は選べよ」

絢人はくすっと笑った。

「心配しなくても、選ぶほど来ないって」

「俺んとこの仕事だけじゃ不足か」

絢人はマウスに右手を載せたまま、左手をひらひらと振った。

「あの規模の会社なんて、いつなんどき、倒産しないとも限らないからね」

藤堂は唸《うな》るような声で返す。

「おまえ、前はもっとしおらしかったぞ」

「そりゃ、囲われ者だったからさ。今はあんたに養われてるわけじゃない」

「——可愛《かわい》げもなくなりやがって」

絢人は、今度は椅子ごと向き直って、静かに言った。

「ただ好きだから一緒にいる。それが可愛くないって言われると、俺はどうすればいいのかな」

藤堂の精悍《せいかん》な顔にさっと赤みがさした。

「いや、その――まあ、なんだな――」

歯切れ悪く口の中で呟いてうつむいた。叱《しか》られた犬の垂れ下がった尻尾が目に見えるようだった。絢人は口元を緩《ゆる》めた。

「これ、明日ＯＫが出たら終わりだから」

尻尾がわずかに上向いて揺れる。

「明日は俺が美里寝かすよ」

そしてすばやく付け加えた。

「なるべく早くね」

その声ににじんだ艶《つや》に、藤堂の顔がぱあっと輝いた。

「ああ。うん、そうかそうか」

ばっさばっさと盛大に尻尾を振って、大型犬はドアの向こうに消えた。


麻生絢人《あそうけんと》と美里《みさと》の父娘《おやこ》が藤堂克己《とうどうかつみ》の家に同居するようになって、もう二年たつ。美里は三歳、この春から幼稚園に上がった。藤堂のことを「パパしゃん」と呼んでなついている。本来の父である絢人は「とうしゃん」だ（一歳児のころは「ちゃあちゃん」だった）。

藤堂は、ゲームソフト開発会社タキオンを経営している。妻に去られた上に職を失い、まだ赤ん坊だった美里を抱《かか》えて途方に暮れていた絢人は、いきがかりから彼の愛人となった。だが紆余曲折《うよきょくせつ》を経《へ》て、キャラクターデザイナーとしてタキオンを中心にいくつかのゲーム会社から仕事を請け負《お》っている今は、金で縛《しば》られた関係ではない。「好きだから一緒にいる」のだ。

ただ、どちらも多忙の身だ。そこへ手のかかる子供がいれば、ゆっくり夜の生活を楽しむのも、そう簡単なことではない。

例の仕事はひとまずＯＫが出て、絢人の手を離れた。今夜は約束どおり、絢人が美里を風呂に入れ、歯を磨《みが》いてやり、寝かせつけている。美里がまだ眠り込まないうちに、藤堂が帰宅した。この時間なら、外で食事を済ませてきたのだろう。藤堂はまっすぐ二階に上がってきて、足音を忍ばせ子供部屋をのぞいた。ベッドのそばに膝をついた絢人が顔を上げ、唇に指を当ててみせると、

（もう寝そうか？）

目と唇の動きで問いかける。

（あと十分てとこ）

絢人も同じように返す。美里はもぞもぞと身じろぎした。

「とうしゃん。おうたのつづき」

眠たげな声が催促する。

「はいはい。♪ゆーりかごのうーたを　カーナリヤがうーたうよ……」

絢人は上掛けを軽く叩きながら、小声で歌を続けた。その歌声にかぶって、藤堂の楽しげな鼻歌が階段を降りていく。やがて、階下のバスルームからこもった水音が響いてきた。藤堂は今年三十六歳、男盛りの引き締まったたくましい裸身がシャワーに打たれているさまを思い描くと、絢人は、からだの奥で何かがむずむずと蠢《うごめ》くのを感じた。

――ほんと、久しぶりだ。

もともと淡泊な絢人がこうだ。藤堂が焦れるのも無理はない。毎日でも抱きたい、と言明した男なのである。

ふと、自分の指を握る美里の手から力が抜け、ほっこり熱くなっているのに気づいた。絢人は微笑した。

「ねんねこ　ねんねこ　ねんねこよ……」

歌をやめても、美里から抗議の声は上がらなかった。すこやかな寝息に耳をすませ、柔らかなほっぺに一つキスをすると、絢人はベッドから離れた。

「おやすみ――いい夢を」

いつもの呪文を囁いてドアを閉める。

二人の寝室はすぐ隣だ。二人のといっても、絢人のスケジュールが押していたり、タキオン社の方がゲーム制作進行上、修羅場になったりするたびに、どちらかが一人寝をすることになるのだが。

就寝時間が合わないことが多いので、ダブルベッドではなく、セミダブルを二つ入れてツインにしてある。共寝をするのは、おもに藤堂のベッドだ。

シャワーの音は少し前に止まっていた。絢人は寝巻き兼用の部屋着にしているTシャツとジャージを脱ぎ、トランクス一枚になって藤堂のベッドに入った。ほとんど同時にペタペタと濡れた素足の音がして、バスローブ姿の藤堂が飛び込んできた。慌てたふうにローブを脱ぎ捨て、まだ湿《しめ》りの残る熱いからだを横にすべり込ませてくる。

「しまった、遅かったか!」

何が、と言いかけた口がふさがれる。浅く深く何度か口づけてやっと答えが返ってきた。

「俺が脱がそうと思ったのに」

「別にいいじゃないか」

「それじゃ盛り上がりに欠けるだろう」

バカ、と振り上げたこぶしをよけて、絢人のトランクスをぐいと引き下ろす。

「可愛い白魚は元気かな?」

いきなり握り込まれて、絢人は息を詰めた。もう一度、バカ、と呟いて、言葉とは裏腹に藤堂の首に腕を巻きつけた。

藤堂は、下から上へとゆっくりさすりながら、絢人の尖《とが》り気味の顎《あご》やほっそりした長い首や耳たぶに唇を這《は》わせた。何度か鎖骨《さこつ》のあたりまで降りてきたが、絢人の息遣《いきづか》いが荒くなると、また上へ戻ってしまう。

絢人はたまりかねて、

「ちが……そこじゃなくてっ……」

「そこってどこだ。え？」

二年も関係を続けていれば、互いのからだは知りつくしている。絢人の首すじは感じやす過ぎて少々つらく、胸への愛撫にもっとも悦《よろこ》びが深くなるのを知っていて、わざと焦らすようなことをする。

「この、根性悪……っ」

「『意地悪』と言った方が色っぽいぞ」

そう言いながら藤堂は、焦らされてツンと立ち上がった乳首を唇に吸い込み、軽く歯を当てた。

「は……んっ」

反《そ》って浮き上がった背の下に片方の腕をすべり込ませ、しっかりと抱き締めて、二つの尖りを交互に責める。

「あっ……ああ……かつ、みっ」

藤堂の大きな手の中で、絢人のものは熱く硬くなり、露にぬめり始めた。

「いけそうか？」

「ん……」

甘えるように唇を突き出す。藤堂は片頬だけの笑みを浮かべて、その唇を舌先でちろりと舐《な》めた。ぞくぞくっと背筋を駆け上がる快感の兆《きざ》しに耐えかねて、絢人は自分から腰を押しつけるように動いた。珍しく積極的なそのしぐさに、藤堂の目は獣《けもの》めいた光を放った。

「絢人」

掠《かす》れた声に応《こた》えて、絢人は指を濡れた髪に絡め、引き寄せた。唇と唇が磁石のように互いを求め合う。通う息がぐんぐん熱くなる——。

そのとき二人の間に、びりっと警報が走った。

「スン……クスン……」

——え。まさか。

絢人と藤堂は見つめ合った。その目がゆっくりと壁の方を向く。

「うえ……ひっく……え〜ん……」

間違いない。隣の部屋で美里が泣いている。二人とも、そのまま固まった。そして、あわただしく囁き交わす。

（嘘だろ、おい。ここまで来て……）

（見てこようか？）

（そっとしといたら、そのまま寝ちまうんじゃないか）

（だといいけど）

（頼む。頼むからもう一度寝てくれえ）

重なり合ったまま息をひそめる二人の耳に、無情にも、泣き声は近づいてきた。やがてドアノブががちゃりと回り、ひときわ大きく美里の泣き声が響いた。

「とうしゃんっ、こあいよぉ……！」

顔を涙でぐしゃぐしゃにした幼児が、しゃにむにベッドによじのぼってくる。

「あーあ……」

藤堂はがっくりと肩を落として、絢人の上からからだをずらした。絢人はトランクスを引き上げ、美里を抱き寄せる。

「どした、美里？」

泣きじゃくりながら、

「とうしゃんも、パパしゃんも、いないの。まっくらなの。こあいよ……」

絢人は、バツの悪い顔で藤堂に振り向いた。

「子供部屋のナイトランプ、壊れてるんだ」

藤堂は低く呻《うめ》いた。

美里は、二人の間の狭《せま》い空間にむりやり体をねじ込んだ。

「ここでねるう。とうしゃんとパパしゃんとみんなでねんね」

「はいはい、みんなでねんね」

藤堂の声には、はっきりあきらめの色があった。

「ごめん……」

絢人は、自分の疼《うず》きが急速に冷めていくのを感じながら、目を伏せた。

「しょうがない。優先権は美里にあるんだものな。横入りしたのは俺だ」

藤堂はそう言うと、ベッドの足の方から下りた。

「克己？」

「いくら何でも川の字じゃ狭いだろう。俺はおまえのベッドで寝るから。——おまえの匂いかぎながら、自家発電でもするか」

今夜三度目の「バカ」は、枕といっしょに飛んでいった。


絢人《けんと》は、十二時十分前に、タキオン社の近くのレストラン・エミーリオに着いた。表通りにあるわりに静かな、画廊《がろう》のような雰囲気の店である。自分は煙草《たばこ》は吸わないが、奥の喫煙席に案内してもらった。

「後から連れが来ますから」

メニューと水のグラスを置いてウエイターがテーブルを離れると、絢人はあたりを懐かしく見回した。つごう何回、ここで藤堂《とうどう》とデートしただろうか。

最初のときは都心のシティホテルに呼び出されたが、愛人契約を結んでからは、会社の近くのビジネスホテルを使うことが多かった。ゼロから起こした会社がやっと軌道に乗って多忙をきわめる藤堂には、会議の空き時間を縫うような短い逢瀬《おうせ》がやっとだったのだ。

それでも、直接ホテルで待ち合わせるということをせず、必ずといっていいほどランチや夜食をともにした。そんなとき利用したのが、このレストランなのである。

今日、絢人がここに来ているのは、昨夜からの流れだった。せっかくの甘い夜を美里《みさと》に台無しにされた藤堂は、一夜明けて出がけに、玄関先で靴を履《は》きながら言った。

「幼稚園は何時に終わるんだ」

「慣らし保育は終わったから、給食食べて三時ごろまでってとこかな」

それを聞くと、藤堂はちょっと考えていたが、

「久しぶりに『昼下がりの情事』はどうだ」

「えっ？」

本当に久しぶりに聞くフレーズに、絢人はまごついた。藤堂は淡々と続けた。

「十二時にエミーリオ。それからあのホテルで……三時には迎えに行けるだろ」

そして、眠い目をこすりこすり階段を降りてくる美里を気にしながら、絢人の唇の端にすばやいキスをしたのだった。

絢人は、淡い緑のテーブルクロスに頬杖をついて呟いた。

「昼下がりの情事、か」

その言葉は、美里をベビーホテルに預けてここで藤堂と待ち合わせた、あの二度目のときを思い出させた。また痛い目にあうのではないかと、食欲も失せる思いだった。だが。

——やはりいたわってくれたんだろうな、あれは。

冗談にまぎらせながら、気遣《きづか》ってくれた。インサートもフェラも強要せず、慣れない絢人のからだに負担のかからない交《まじ》わりだった。硬くなってうつぶせる絢人の耳に囁いた「バカだな」という声の温かさ。見かけは強面《こわもて》だけど、セクハラオヤジで強引だけど、本当は優しくて、そして寂しがりやで。

——あのときから、もう好きになってたのかもしれないな。

からだの関係が先にあって、気持ちが後からついてくる。そういうこともあるのだ。

「待ったか？」

やや低いが張りのある声に、絢人はもの思いから醒《さ》まされた。藤堂が、光沢《こうたく》のあるライトグレイのスーツにがっしりした長身を包んで、目の前に立っていた。

「ああ。いや、それほどは」

いつから好きだったかなどということを思いめぐらしていた相手にいきなり登場されて、絢人はどぎまぎしてしまった。

「どうした、赤い顔して」

藤堂は自分で椅子を引き、絢人の向かいに腰を下ろした。

「惚《ほ》れ直《なお》したか、ん？」

偉そうに言うと、答えを待たずにメニューをぱらぱらとめくった。

「ミニコースでいいか？　Aは肉でBは魚。おまえはいつも魚だったよな」

絢人がうなずくと、藤堂は手を上げてウエイターを呼び、注文を告げた。

ウエイターはいんぎんに尋《たず》ねた。

「お飲み物はいかがなさいますか？」

「そうだな。この後に大仕事が控《ひか》えてるんで、酔うわけには」

絢人はいっそう顔を赤らめて、テーブルの下で藤堂の足を蹴《け》った。藤堂は顔をしかめて言った。

「……水でいい」

ウエイターが行ってしまうと、嘆息して、

「おまえ、ほんと、遠慮ってものがなくなったよな」

絢人は負けずに言い返した。

「そっちが場所がらもわきまえず、セクハラ発言するからだろ」

「ほんとに大仕事があるんだぞ。まだ極秘なんだが、そのために気の張る相手と会わなくちゃならないんだ」

にわかにきりっと締まった表情になる。そして、このごろ家では吸わなくなった煙草に火をつけ、深く吸い込んで微《かす》かに目を細めた。外国煙草の癖《くせ》のある匂いが広がった。

――マジな顔をすると、二割増しいい男に見えるな。

実際、体格といい彫《ほ》りの深い精悍《せいかん》な顔だちといい、スポーツタレントやモデルにひけはとらないレベルだろう。女にもてないはずはない。いや、自分でも口をすべらせたことがある。「女は数こなしてる」と。藤堂は、もともと男が好きだったわけではないのだ。それがどうして、自分なんかに惚れたのだろう。

客観的にみて、自分も醜《みにく》いほうではない、とは思う。やや淡い色のさらさらした髪に色白の細おもてと長い睫毛《まつげ》は、小さいころ女の子みたいと言われて嫌だったが。しかし、いくら華奢《きゃしゃ》な方だといっても、しょせん男のからだだ。女のからだの甘さ、柔らかさはあるはずもない。「かわいそうたあ惚れたってことよ」だけで済まされて、深く追及もしないで今日まで来てしまったけれど――。

大切に思われているとわかっていても、時に不安になるのは、最初に騙《だま》されたという意識が抜けないからかもしれない。

料理が運ばれてくると、藤堂は煙草を灰皿に押しつけて消した。残り香の漂《ただよ》う中、機械的にフォークを口に運びながら、絢人は思い返していた。

あの日、タキオン社で例の新作BLゲームを見ることがなかったら、藤堂はずっと隠し続けたのではないか。ゲームのヒントを得るために自分と関係したことを。それはもちろん、金の絡んだ関係ではあったけれど。だがたとえ一種の売春であったとしても、話のタネにされるのと、欲望の対象として求められるのとでは、やはり違うという気がする。ましてあのときは、もうはっきりと藤堂への思いを自覚していた。だからこそ、許せなかった。

——あれ。いつ許したっけ。

絢人は、心の中で苦笑した。二度と会うものかとまで思っていたのに、美里の急病で何もかもうやむやになってしまったのだ。

藤堂のとっさの判断が幼い娘の命を救ってくれた。そして、初めて藤堂の孤独な境遇《きょうぐう》を知って、寄り添って生きていこうと心に決めたとき、すべてを水に流すことにした。絢人は、二度とそのことは口に出さなかった。だからといって、あの胸の痛みを忘れてしまえるものではないが。

——克己《かつみ》はもう忘れてるのかもな。

溜め息をついて目を上げると、自分のぶんのメインディッシュをすでに平らげた藤堂が、顎《あご》を手の甲で支えてじっと見つめていた。妙に意識して、慌ててナイフとフォークを動かす。

「別に急がなくていいぞ」

そう言われると、かえって急かされている気がする。絢人はよけい慌てて手と口を動かした。


あのころよく利用したビジネスホテルはリニューアルされていて、一階に新しくカフェレストランがオープンしていた。

「何だ、ここで食事してもよかったんだな」

藤堂も、この模様替えは知らなかったらしい。考えてみれば、絢人と外で会う必要がなくなった以上、用のない場所だ。

あのころと同じに、スタンダードなダブルの部屋を選んだのだが、改装は室内にも及んでいた。

窓にかかったカーテンもベッドカバーも金糸の織り込まれたどっしりしたものだし、フロアスタンドはアールデコ調の洒落《しゃれ》た品になっていた。

「へえ。グレードアップしたもんだな。徹底的にサービス省《はぶ》いて安くするか、ゴージャスにして新しい客層を開拓するか。こういう業界も二極化してるんだな」

異業種とはいえ、藤堂の目のつけ所はさすがに経営者らしい。

スーツの上着をスツールに投げ、ネクタイをほどきながらパウダールームに入っていったが、やがて、中からドアを支えて、弾んだ声で絢人を呼んだ。

「おい、来てみろ。けっこう広いぞ。いっちょまえにジャグジーだぞ」

「そんなの、うちもつけてるじゃないか」

取り合わず、スーツをハンガーに掛けていると、勢いよく湯のほとばしる音とともに半裸で出てきて、

「だけど一緒に入ったことはないだろう」

それはそうだ。絢人はいつも美里と入るのだから。

「来いよ、絢人」

外人みたいに手のひらを上に向けて、くいくいと招く。

「え。いや、いいよ、お先にどうぞ」

「順番に入ってたら時間のムダだろ？」

「いいってば」

後ずさりする絢人にタックルをかけ、強引に服をはがし始める。

「よいではないか、よいではないか」

「何のマネだよ、もうっ」

吹き出してしまって力が入らないでいるところを、くるくると剝《む》かれてしまう。

いかにして、裸になる瞬間の気まずさを絢人に感じさせずに脱がすかというのが、このとこ

ろ藤堂の研究課題になっているらしい。

藤堂は、トランクス一枚にさせた絢人をえいっと担《かつ》ぎ上《あ》げてパウダールームに運んだ。広々とした化粧台のある右の壁一面が、鏡になっている。とんでもない格好で藤堂に担がれている自分の姿が目に入って、絢人はじたばたともがいた。とん、と降ろされた足の下には、磨き込まれた寄せ木の床。藤堂はそこで最後の一枚をはぎとった。

「背中の流しっこしようや。なっ？」

悪徳代官から修学旅行の男子高校生の顔になって誘われると、絢人もうなずかずにはいられなかった。

引き戸は開け放されて、ラピスラズリ色の天井の高い空間がそこにあった。手前にシャワーブース、奥の純白のバスタブは大人二人がゆうに入れる大きさで、四つ葉のクローバーのような形をしている。湯はすでに浴槽《よくそう》の半《なか》ばまで溜まり、真珠色に泡だっていた。

藤堂は絢人と抱き合う形でシャワーブースに入り、正面のボタンを押した。いきなり三方から強い水流を叩きつけられ、絢人は悲鳴を上げた。

「これのどこが背中の流しっこだよ」

抗議に耳をかさず、藤堂は水流の中で絢人のからだをもみくちゃにした。

「いい！　もういいって！」

藤堂は喉をそらせて笑い、身をひるがえすと、ほぼ一杯になっていた浴槽にしぶきを上げて飛び込んだ。そしてバスタブのふちに背中を預けてあぐらをかき、またくいくいと手招きした。

絢人はもう逆らわず、藤堂と向かい合って沈んだ。すかさず藤堂の手が、細かな泡を煙幕に水面下でいたずらをしかけてくる。股間《こかん》をうかがうとみせた指にすばやく乳首をつねられ、絢人は小さな声を上げた。痛みとは別のルートで、甘い刺激が突き抜ける。負けるものかと相手の下腹に手を這わせると、すでに硬く膨《ふく》らんでいた。とくん、と心臓が跳ね上がる。

──まさか、同じ男の部分に反応するようになるとは思わなかったな。

だからといって、町なかで見る男にもテレビの画面に映《うつ》る男優にも、そういった意味での興味はわかない。自分のからだを熱くさせる男は、あくまで藤堂一人だ。

その思いを読み取ったように、藤堂の目が蒼みを帯びる。怖いような色だ。「欲望は殺意に似ている」と言ったのは誰だったたか。

大きな手が絢人の小さめの尻を包むように動いた。ぐっと持ち上げて引き寄せる。内腿《うちもも》に固体の熱が擦りつけられた。

「お湯の中では無理だよ……」

熱を冷ますことになりはしないかと遠慮がちに言ったが、そのくらいで冷める熱でもなさそうだった。藤堂は素直にうなずくと、手を絢人の脇に回して浴槽から抱《かか》え上《あ》げる。細身のからだをバスタオルでさっとくるむと、自分は濡れたままでベッドに運んだ。

絢人は仰向《あおむ》けに横たわって、自分のからだにまといつくバスタオルを持ち上げ、かぶさってくる男の水気を拭《ぬぐ》おうとした。藤堂はうるさそうにその手を押さえつけた。強い口唇《こうしん》が、絢人の唇を喉を胸を、いつにない荒々しさで蹂躙《じゅうりん》する。色白の肌は、みるみる薄赤いしるしに覆《おお》われた。

——焦らす余裕もないんだな。

だがすぐに、絢人自身も、そんなことを考えている余裕を失った。痛いほど吸われながら、絢人はぐんぐん追い上げられていった。からだ中の熱が一点に集中し、思いがけないほどの勢いで放出される。

「……ん……っ」

絢人は、思わずこぼれそうになる嬌声《きょうせい》を呑み込んだ。

解放のすぐ後に、藤堂はやや強引に絢人の中に押し入ってきた。

「いっ……いた……ちょっと、きつ……」

痛みをこらえてゆがんだ唇に、今度は深く甘やかなキスが落ちる。やがて絢人はきつくひそめていた眉を開いた。圧迫感が充足に変わるこの瞬間が、絢人は一番好きだった。いくかどうかは二の次だ。じつのところ、後ろへの刺激だけで達したことは数えるほどしかない。それが絶対だとも思わない。身も心も深くつながっていること、互いを感じあっていること。それこそが、交わる、ということではないのか。

うっとりと目を閉じて緩やかな律動に身を任せていると、その安らかさに焦れたように、藤堂は絢人の髪をかき乱した。

「たまには『もっと』とかねだってみろよ」

絢人はうっすらと目を開けて、口を尖《とが》らせた。

「また、そういう、エロオヤジみたいな……ああっ！」

ぐりっとひねりをきかされて、絢人は、抑えきれず高い声を上げた。

「そうそう。うんと啼《な》けよ。家じゃ、ちびを気にしてこらえてるだろ」

「俺はもともと淡泊で……あ、ふっ……！」

つながったままで、色づいた突起をついばまれ、絢人は喉をそらした。無意識にそこをきゅっと絞ったらしい。藤堂は喉の奥で呻《うめ》いて、絢人の上につっぷした。荒い息が響きあう。藤堂の重みで、多少息苦しい。だがその重みが何よりも雄弁に、藤堂の快楽の深さを語る。素直に嬉しい。それを共有できたことが。絢人はだるい腕を上げて、男の首をかき抱いた。

急速に高まった藤堂の心拍は、やはり急速に落ち着いていった。ゆっくりと身を起こす藤堂の下で、絢人はまだ鎮《しず》まらない動悸《どうき》をもて余していた。薄く開いた唇を、藤堂は指の腹でなぞった。

「ゴチになりましたってとこだな。しかし何日ぶりだと思う」

「さあ——？」

「だいたい、外で会ってたときより、一緒に暮らしてる今の方が回数少ないってのはどういうわけだ」

きゅっと絢人の鼻をつまみ、不満そうに言う。絢人は鼻声で返した。

「ま、そういうもんじゃないの？　いつでもできる女房より、滅多《めった》にできない外の女に燃えるものだろう、男の本能って」

「論旨《ろんし》がずれてるぞ。俺はいつだってやる気満々だ。外の女もヘチマもあるか。おまえといつでも何度でもやりたいんだ、俺は」

それを証明するつもりか、藤堂は、くるりと絢人のからだを裏返すと、片手で肩を強く押しつけ、もう片方の手で細い腰を持ち上げた。絢人は慌てた。

「ちょっ……ダメだって、もう時間が」

バックからは跳ね返しにくいのを知っていてやっているのだから、たちが悪い。

すでに一度藤堂を呑み込んでじゅうぶんほぐれた部分は、筒先でそっと撫《な》でられただけでひくっと反応した。前に手が回って、くったりと萎《な》えたものを優しく包み込まれると、もう抗《あらが》えなかった。

「やっ……ああ……」

拒絶の言葉は、甘い響きに掠れた。それに力を得て、藤堂は再び絢人の中に分け入った。二度目の絶頂は、互いに長くなだらかだった。

その余韻も消えないうちに、絢人の中にとどまったままの藤堂の雄《オス》が、またもや復活のきざしを見せたとき、さすがに絢人は息もたえだえに抗議の声を上げた。

「ダメ、ほんとにヤバイって……美里のお迎えに、遅れるってば……」

車で送る、とせっぱ詰まった声で押しかぶせて、藤堂はなおも激しく突き上げた。


六月の初めに、美里《みさと》の三歳児検診があった。働く母親が多いせいか、この地区ではそうした行事は土日に設定してある。

絢人《けんと》は日曜の朝早く、美里を起こした。このところ「大仕事」とやらで忙しいらしく、疲れ果てて熟睡している藤堂《とうどう》を起こさぬよう、居間に降りて支度《したく》をさせる。

「おでかけ、おでかけ」

よそゆきのフリルのついたブラウスとジャンパースカートを着せてもらってご機嫌の美里は、壁の鏡の前でくるりと回った。

「ほら、髪とくよ。座って」

絢人は、肩まで伸びた美里の髪にブラシを当てた。

美里は、鏡の中の絢人に向かって言った。

「ウサギしゃんにしてくだちゃい」

絢人は心得て、父親似の素直な栗色の髪を耳の上で二つにくくった。美里はたばねた髪の根元をつかみ、ぴょんぴょんと跳ねた。なるほど、ウサギの耳に見えなくもない。美里のウサギ好きはあいかわらずだ。赤ん坊のころ藤堂に買ってもらったウサギのぬいぐるみも、すっかり薄汚れてくたくたになってしまったが、まだ大事にしているのだった。

駅前のデパートの最上階に入居している区の福祉センターは、交通の便がよいこともあって、こうした検診に使われることが多かった。一歳半のときも絢人が連れていったのだから、もう慣れたものである。

だが美里は、乗っていたエレベーターの扉が開くと、急に尻込みしだした。

「やだあ。おうちかえるう」

絢人は、入園直前、新三種混合の接種をここで受けさせたのを思い出した。

――やっぱり、まだ覚えてたか。

「今日はチクチクしないんだよ。そうだ、後で地下にいってソフトクリーム食べよう。バニラがいいかな。それともチョコ？」

「チョコがいいっ」

アイスの魅力に負けたのか、廊下にお仲間の泣き声が響いていないのに安心したのか、美里はそれ以上ごねはしなかった。

廊下の突き当たりのドアが大きく開いていて、その横に受付が出ている。白衣の若い女が通知の葉書をチェックして、番号札と複写の用紙を渡した。

中に入ると、会議室のような広い部屋が、移動式の衝立《ついたて》でいくつかのブースに区切られている。入ってすぐのところには、二十ほどのパイプ椅子が並んでいて、先客の親子連れが五、六組、順番を待っていた。付き添いはみんな母親だ。幼稚園の送り迎えや行事に父親の参加は珍しくないが、検診となると——。ちらちらとお母さんたちの視線を感じる。サラリーマンの匂いのしない二十代後半の男と幼い娘。人はどういう想像をするだろうか、と絢人はふと考えた。また、美里はどう感じているのだろうか、とも。

早く出てきたので、あまり待たされずにすんだ。こういうとき、場違いな自分を長く意識しているのが嫌で、早め早めに番をとる癖《くせ》がついているのだ。番号を呼ばれて、一番手近なブースに入る。その中で身長・体重をはかり、簡単な問診を受けて、奥の発達相談のコーナーに回った。ベテランらしい中年の保健婦が、机の向こうから目の前の丸椅子を示した。そして、絢人が娘を膝に抱《かか》えて腰を下ろすと、美里に向かって微笑《ほほえ》みかけた。

「お名前は言えるかな？」

美里はしゅたっと手を上げた。

「はいっ。あそうみしゃとでしゅ」

保健婦はいっそう笑みを大きくして、「あら、元気ねー」と手を伸ばし頭を撫《な》でたが、絢人には真面目《まじめ》な目を向けてきた。

「耳の聞こえはどうですか」

意外なことを聞かれて、絢人はたじろいだ。

「――普通だと思いますが」

声がこわばっているのが自分でもわかった。保健婦はうなずき、美里に向かって言った。

「ちょっとお口を見せてね」

医者を連想したのか、美里は不安そうにもじもじしたが、絢人が耳の横で「あーん」と声をかけると、大きく口を開けた。保健婦は美里の上唇を指で押し上げて、

「ああ、やっぱり。上唇小帯《じょうしんしょうたい》が長いんですねえ」

「何ですか、それ」

耳慣れない言葉に、不安がつのる。保健婦は、手元のメモ用紙に慣れた手つきで図解した。

「こう、唇の裏側と歯茎《はぐき》をつなぐ薄い膜があるんですが。お嬢さんはそれが人より長いんです。というか、赤ちゃんのときはみんなそうなんですが、二、三歳になるとこう」

赤ペンに持ち替えて書き直す。

「後退して短くなるんです」

なるほど、その痕跡《こんせき》のような部分は、美里ではくっきりと前歯のつけねまで伸びていた。

「それは、何かまずいんでしょうか?」

赤ん坊のころ大病をして手遅れになりかけたときほどではないが、胸のあたりに嫌な重さを

感じる。

「発音がね。ちょっとはっきりしないでしょう。それと、永久歯に生え変わるとき、前歯に隙間ができるかもしれませんよ。歯科で切ってくれるところもありますから」

「切るんですか」

絢人自身が痛そうな顔をしていたのかもしれない。保健婦は微笑んだ。

「こんな薄い膜みたいなものだから、簡単ですよ。何かのはずみで自然に切れることもあるんですけどね」

保健婦は、書類にペンを走らせた。

「はい、けっこうです。次はあちらでテストを受けてください」

絢人の手に戻ってきた書類には、「歯の状態」の欄外に「上唇小帯付着異常」と書かれていた。小さな書き込みだったが、「異常」という文字がやけに大きく見えた。

——異常っていったら……やっぱり普通じゃないってことだよな。

そんなあたりまえなことを考えて立ちつくしていると、美里に強く手を引かれた。

「とうしゃん。ソフトまだー？」

唇を尖《とが》らせたあどけない顔には、何の翳《かげ》りもない。

「ごめん、ごめん。あと一つすんだらね」

絢人はぎこちなく笑い、娘の手を引いて次のコーナーに向かった。

その後の、積木を積んだり絵本で指されたものの名を答えたりといった検査は、何の問題もなく終わった。

会場を出ると、美里は来たときとはうってかわって、弾んだ足取りでエレベーターに乗り込んだ。

地下のパーラーで美里に約束のソフトクリームを舐《な》めさせながら、絢人は、命にかかわるようなことじゃないと自分に言い聞かせた。しかし、石を呑んだような重苦しさは、どうしても振り払えなかった。


休日でも藤堂は急に出かけることがあるから、と車は置いてきたのだが、帰ってみると車庫に車があった。ふっと肩の力が抜けた。

だが玄関に一歩入って驚いた。家中に焦《こ》げ臭《くさ》い匂いが漂《ただよ》っていたのだ。慌ててキッチンに走る。美里も後ろから「くっちゃあい」と鼻を押さえながらついてきた。

リビングのガラス戸を開けると、匂いはいっそう強烈になった。ダイニングテーブル越しに、シンクにかがみ込むペンストライプのシャツが見えた。ゆうべ、着替えもしないでベッドに倒れ込んだときと同じ格好だった。

「どうしたんだ、これっ？」

藤堂は、情けない顔で振り向いた。赤いホーローの鍋《なべ》を抱えている。

「昼飯作っといてやろうと思ったんだがな」

絢人がテーブルを回っていってのぞき込むと、黄土色と焦茶色の混じりあったカオスからは、カレーの刺激臭と肉汁の焦げた臭いがたちのぼっていた。

「あーあ……」

鍋底まで焦げついているとすると、後の始末がやっかいだ。絢人のがっくりした顔を見て、藤堂は急いで弁解した。

「おまえ、カレーだのシチューだの、いつも何時間も鍋かけてるだろう。だから弱火にしてもうひと眠りしてたらこのザマだ」

「それはルーを入れる前の話だろ。カレールーを入れたら火を止めなきゃ」

藤堂はしょんぼりと肩を落とした。

「そういうもんなのか」

規模が小さいとはいえ、順調に業績を伸ばしている会社の辣腕《らつわん》経営者とは思えない。絢人が、自分よりはるかに年上で大柄な藤堂を妙に可愛《かわい》く思うのはこういうときだ。

おおまかな性格と不器用な手先が災いしてか、藤堂は、料理やアイロンがけといった家事とは相性が悪い。それで、家にいることが多い絢人が自然に家事を引き受けているのだが、美里の用事で出かけた絢人を少しでも手助けしようと考えて、見よう見まねでやってみたのだろう。よけいな仕事を増やされた、と怒る気にはなれなかった。

絢人は藤堂の手から鍋を受け取って中身を生ゴミ容器にあけ、朗《ほが》らかに言った。

「しばらく水に漬《つ》けとけば落ちるよ。どうせ今日のお昼は出前でもとろうと思ってたんだ。ピザでいい？」

美里は歓声を上げて、電話の横につるしてあったデリバリーメニューを取ってきた。注文はいつも、スパイシーなものを一枚とお子様向きのものを一枚。美里の残りは、たいてい絢人が片づけることになるのだった。

三人揃《そろ》っての昼食のあとで、藤堂は思い出したように言った。

「それはそうと、検診の方はどうだったんだ？　美里の発育は順調なのか」

絢人はリビングの方に目をやった。美里はテレビの前で、子供番組に合わせて小さな体を揺らし、歌っている。

「うん……、発育はね」

言葉を濁《にご》すと、

「なんだ。何かまずいことでもあるのか」

藤堂は身を乗り出した。心配性の父親の顔になっていた。おむつも取れないうちから手元で育つのを見ていれば、実の子も同然ということか。絢人は胸のつかえを吐《は》き出《だ》すように、保健婦に言われたことを打ち明けた。

「で、切った方がいい、と言うんだ」

藤堂は、秀《ひい》でた眉をひそめた。

「切るう？　やめろよ。あんな小さいのに、かわいそうじゃないか」

——かわいそうって何だよ。俺だって好きで切りたいわけじゃない。

自分が責められているような気がして、絢人は反抗的にやり返した。

「もっと小さいときに大手術してるよ？」

あのときは藤堂の方が、意地を張っている絢人を叱《しか》りつけ、美里を救急センターに担ぎ込んだのだ。「腸重積《ちょうじゅうせき》」という、小さい子供にとっては一刻を争う病気だった。

「あれは、切らなきゃ命がなかったからだろう。いいじゃないか、ちょっとくらい前歯がすいてたって。小リスみたいで可愛いぞ。舌ったらずな言葉遣《づか》いが、これまた男にとっては魅力的かも」

いつもの軽口なのだが、かちんときた。やはり神経質になっていたのだろう。

「自分の子じゃないから、そんなことが言えるんだよ」

絢人は言ってしまった後で、はっと口を押さえた。

——俺は何てことを。

「ごめん……」

言葉を失ってうつむく。数秒間の気まずい沈黙を破ったのは藤堂だった。

「開発部長の高取《たかとり》、覚えてるか。あいつ去年、できちゃった結婚してな」

話をそらすにしても唐突すぎる。絢人は何と言っていいかわからず、黙って相手の顔を見守っていた。藤堂はのんびりと続けた。

「そんときの子が今、十ヵ月だ。そろそろオッパイをやめさせるってんで、毎日大泣きなんだと」

まだ着地点が見えて来ない。

「高取が見かねて、オッパイくらい好きなだけ吸わせてやれって言ったんだそうだ。そうしたらヨメサン」

ひと呼吸おいて、

「口出ししないでよ、産んだのはあんたじゃないでしょう！　ときたもんだ」

ヒステリックな女の声をまねて、にやっと笑った。絢人も釣り込まれて笑った。

「種を仕込んでもそんな扱《あつか》いなんだな、男親ってヤツは。俺は仕込んでもないからなあ」

ひょうきんに言う。

「だからまあ、発言権がないのは認めるが。血の繋《つな》がらない同居人ってのも、オブザーバーとしては捨てたもんじゃないぞ？」

絢人はテーブルにごつっと頭を落とした。そうきたか、と低く呟く。

「餅《もち》は餅屋というだろう。あのときみたいに一分一秒を争うわけでもないんだから、専門家の意見を聞いてみたって遅くはあるまい」

藤堂は立ち上がって絢人のつむじをぐりぐりすると、リビングに向かった。そして、歌いながら踊っている美里の背後から忍びより、「そりゃあ！」と高く抱え上げた。美里はきゃっきゃっとはしゃいだ声を上げた。

絢人はふざけ合う二人をよそに、溜め息をついた。

——俺は何を一人でカリカリしてんだろうな。

藤堂が軽く流したことが、気に障《さわ》ったのだろうか。しかし、実際、藤堂の言うとおりなのだ。これは、多少気になるかたより——癖《くせ》っ毛《け》だとか左利《き》きだとか湿疹《しっしん》ができやすいとかいう程度のことに過ぎない。それがなぜこんなに気分を重くするのか。「異常」という言葉が、剝《む》きだしの素肌にサンドペーパーをかけたようにぴりぴりと痛いのはなぜだろう。昔から自分は、そんなに過敏な人間だったろうか。

絢人は頭を振って、答えの出ない自問自答を打ち切った。

——明日、幼稚園がひけたら、歯医者に連れてって相談してみよう。

美里はまだ虫歯になったことがない。だが歯医者で、虫歯予防のフッ素を塗《ぬ》ってもらったことはある。それは痛くもかゆくもなかったので、とくべつ嫌がることもなく、近所の歯科医院についてきた。絢人が受付に保険証を見せている間に、美里は下駄箱から漫画のキャラクターがついた子供用の赤いスリッパをいそいそと取り出していた。

――これで歯医者嫌いにならなきゃいいが。

スリッパをパタパタいわせて、待合室の本棚に嬉しそうに駆け寄る美里を横目に、絢人はそっと溜め息をついた。

黒いレザー張りの長椅子に腰を下ろして見ていると、ほかにも小さい子供が何人か来ていた。もう少し遅い時間帯になると、学校帰りの大きい子供が増えるのだろうが。

美里は、上の棚の絵本を取ろうと爪先《つまさき》だちしていた。絢人が腰を上げかけたとき、五歳くらいの男の子が美里の後ろから手を伸ばして取ってくれた。美里は恥ずかしそうに首をすくめ、本を抱いて絢人の方に駆け戻ってきた。利発そうな顔の男の子は、自分も本を選ぶと、母親らしき女の隣に陣どった。

その女は、年のころは四十前といったところか。顔だちは悪くないのに、油っけのない髪をひっつめて目の下には暈《くま》が浮いている。そして、あちこちにシミのついたよれよれのトレーナーにジャージ。

ひきかえ子供は、血色がよく身なりもいい。

――生活が苦しいのかもな。それでも子供のためにがんばってるんだな。

藤堂にめぐりあう前の自分を思い出して、胸がツキンと疼《うず》いた。絢人の視線を感じたのか、女はあけっぴろげな笑みを向けて話しかけてきた。

「お父さんが歯医者につれてくるって珍しいねえ。奥さんの方が休みにくい職場とか？」

――ああ、なるほど。そういう家庭もあるだろうな。

「女房、いないんです」

絢人はさらりと言った。若い取り澄ました女より、こういうあっけらかんとしたおばさんの方が、いっそ話しやすい。

「あら、じゃあ、おたく父子家庭？　うちも母子家庭。この子の上に、も一人いるのよ」

そう言って、やつれた顔で明るく笑った。

「お互いたいへんね。あたしは自由業なんだけど、おたくも？」

「ええ。でも前は勤め人だったから、子供が病気したときは困りました」

美里は敏感に反応した。自分のことを言われているとわかるのだ。絵本から顔を上げ、

「とうしゃん。みしゃと、びょうきなの？」

不安そうに訊《き》く。絢人は口ごもった。

「うーん。病気というんじゃないけど」

男の子の母親は、ちっちっと指を振ってさえぎり、おどけた顔をして見せた。

「いやいや。虫歯は立派な病気よお」

絢人は苦笑いして、美里の「人より長い膜」についてかいつまんで話した。このおばさんには、どうも打ち明け話をしたくなるようなオーラがある。

彼女は聞き終わると、考え深く首を傾けた。寝不足のような腫《は》れぼったい目が、不思議と知

的に見えた。

「あたしだったら切らせないな」

彼女はきっぱり言った。

「歯並びは、どうしても気になるなら大きくなってから、本人の納得の上で矯正《きょうせい》させればいいことよ。それよか、下手《へた》な切り方をすると歯茎《はぐき》が変にめだつようになる、と聞いたことあるけど」

「え。そうなんですか」

それは保健婦の言わなかったことだった。絢人は、自分の仕事の上でもそれに似たことがなかっただろうか、とふと思った。デッサンの狂いが気になって修正したために、かえってほかの部分にゆがみが出てしまう、というような。

思わず考え込む絢人に、女は気を引き立てるように言った。

「でもまだ三つくらいでしょ。お口が回らないのはあたりまえよ。もうちょっと様子見てみたら」

現に二人の子を育てている母親の意見ということになると、絢人も素直な気持ちで聞くことができた。

「そうですね。これから短くなるかもしれないですよね」

そのとき、診察室のドアが開き、若い看護師が高い声で呼んだ。

「梶谷光太《かじたにこうた》ちゃん、どうぞ」

女は、はあいと声を上げ、息子の手を引っ張ってドアの向こうへ消えた。絢人も美里を抱き上げて、

「すみません。また出直しますから」

受付にひと声かけて外へ出た。


別れた妻の花苗《かなえ》から連絡があったのは、それからまもなくのことだった。それも「美里《みさと》抜きで会いたい」という。離婚したとはいえ、美里の父と母として、節目節目には娘をまじえて会っていた。だが去年の七五三を「体調がすぐれない」と断ってきて以来、花苗からの連絡は途絶えていたのだ。何だか嫌な予感がする。

藤堂《とうどう》は、絢人《けんと》の不安を読み取ったように、すぐ言った。

「向こうは亭主と来るというんだな。よし、それなら俺も同席しよう」

「だって忙しいんだろう。悪いよ……」

おずおず言いかけると、藤堂は強い口調でさえぎった。

「何が悪いんだ。これは家族の問題だ。そうだろう?」

藤堂の口から「家族」という言葉が出たのは初めてだった。絢人はひと呼吸おいて、「うん」とうなずいた。

向こうが指定してきたのは、老舗《しにせ》の料亭だった。当日、子供部屋の方のクローゼットを開け、着ていくものに迷っていると、

「おい、支度《したく》できたか」

顔をのぞかせた藤堂は、ココアブラウンのサマースーツにイタリアもののネクタイで、妙に気合が入っている。貧相な男なら浮いて見えるだろうが、上背も身幅もあるし、彫《ほ》りの深い男っぽい顔だから、惚れ惚れするほどさまになっていた。

「——見合いか何かと間違えてない？」

「交渉ごとはハッタリが大事なんだ」

そう言い返すと、絢人が手にしたスーツを見て顔をしかめた。

「なんだ、そりゃ。リクルートか」

当たらずといえども遠からずだ。前の会社に入社したとき作った夏のスーツである。そろそろ新しいのをあつらえなくてはという時に失職し、そのまま愛人業、そして在宅のキャラクターデザイナーになってしまったから、スーツといえば新卒者のような紺のベーシックなものしか持っていないのだ。

「麻のサマージャケットがあったろう」

それは、まだろくに収入がないころ、ゲーム業界のイベントに顔を出すことになったとき、藤堂が買ってくれたものだった。

「うん。でも、あれ着ると遊び人ぽくなるから。美里の親としては、堅実に見えた方がいいだろう」

藤堂はちょっと考えてうなずいた。

「そうだな。それにおまえがあまりカッコよく見えると、女房がよりを戻したいと言い出すかもしれん。地味にしとけ」

真顔で言う。本気か冗談かわからない。

時間どおりに料亭に着き、打ち水をした石畳《いしだたみ》の玄関で仲居に名乗ると、「お連れさまはもうお着きです」と、奥に案内された。緑濃い中庭に面した座敷で、花苗とその夫は待っていた。

絢人は、その男に会うのは初めてだった。老成した童顔というか、年齢のはっきりしない中肉中背の男である。

「あ、どうも。休日でもないのに無理を申しまして。私、早瀬《はやせ》と申します」

耳に立たず、空間に吸い込まれるような声だ。男臭《おとこくさ》さが薄いところは、絢人と共通するものがある。絢人は敷居ぎわに座りかけたが、勧められるままに奥に進み、床《とこ》の間《ま》近くに正座して会釈《えしゃく》した。

「初めまして。麻生《あそう》です」

早瀬の視線は、絢人の斜《なな》め後ろに流れた。藤堂が膝にこぶしを置き、背筋をぴんと伸ばして座っている。そのさまはまるで屈強なSPか何かのようだ。早瀬の視線に応《こた》えて、

「友人の、藤堂と申します」

響きのいい低音で言うと、藤堂は花苗に目をやった。二人は一度、当時の絢人の住まいで顔を合わせている。そのとき藤堂は、「仕事上のパートナー」と名乗ったのだ。藤堂は悪びれたふうもなく、微笑《ほほえ》みさえ浮かべて目礼した。花苗は居心地悪そうに身じろぎした。淡い藤色のワンピース姿の花苗は、服の色のせいかもしれないが、顔色が悪く見えた。

「花苗さん。体の方はもういいの」

彼女は、前に会ったときより尖《とが》って見える顎をひいて、小さく「ええ」と答えた。

しばらくは、あたりさわりのない会話が続いた。精緻《せいち》な細工物のような料理が運ばれてくるたび、それも途切れた。何度目かに仲居が入ってきたとき、早瀬は、

「すみませんが、後の料理は一度に出してもらえませんか。そして、こちらから呼ぶまでは……」

そう言いながら、心付けを握らせた。仲居は愛想《あいそ》笑いを浮かべ、呑み込み顔で立ち上がった。

残りの料理がばたばたと並べられ、「それではごゆっくり」と襖《ふすま》が閉ざされると、早瀬はさっそく姿勢をあらためた。座布団をはずし、畳に手をついて深く頭を下げた。

「今日はあつかましいお願いに上がりました。ぜひともお聞き届けいただきたく」

嫌な予感が当たったときの何ともいえないざわめきを、全身の末端に感じる。

「──どういうことでしょうか」

わかっているくせに、と絢人の頭の中で意地悪く囁《ささや》く声があった。

早瀬は顔を上げると、ひと息に言った。

「美里ちゃんを、私どもに引き取らせてください。勝手なことは重々承知しております。聞き入れていただけるなら、どのようにでもお気のすむように計らうつもりです」

そして肩で大きく息をついた。やれやれ一番高い山は越えた、というふうに。

絢人は言い出した早瀬ではなく、花苗に向かって言った。

「あのときは、美里をこっちに任せること、納得したじゃないか」

つい、詰問《きつもん》口調になってしまうのをどうしようもなかった。花苗も尖《とが》った声を上げた。

「それは、あたしもまだ調子が悪かったし。それにあなた、一緒に住む人がいると言ったでしょう。てっきり再婚するんだと思ったのよ。まさか男の人と……」

ちらりと藤堂に視線を流す。

──やはり、な。隠しおおせることでもない。知ったらどう出てくるかとは思ったが。

「そんなことは関係ないだろう。女手がなくたって、美里は不自由なく育ってる」

絢人はかわしたが、それは花苗をいらだたせただけだったらしい。

「問題をすりかえないでよ！」

「——花苗」

早瀬はなだめるように、花苗の膝にそっと手を置いた。そして、絢人に向かって、

「むろん、それだけが理由ではありません。事情が変わったのはこちらも同じです。——申しわけない、花苗はまたちょっと情緒《じょうちょ》不安定でして」

怪訝《けげん》そうに見返す絢人に、軽く頭を下げて続けた。

「私は、花苗がカウンセリングを受けに来ていた病院の医師です。誤解しないでいただきたいが、彼女が家を出たときは、まだそういう仲ではありませんでした」

花苗が失踪《しっそう》した経緯《けいい》は、その当座、絢人にはよくわからなかった。嫌と言えない性格が災いして仕事びたりの毎日だったから、寂しくてほかの男に走ったのかとも思った。だが、離婚の話し合いを重ねる中で、花苗が深刻な育児ノイローゼに苦しんでいたことを知ったのだ。カウンセリングというのは、その治療の一環だったのだろう。

絢人はうなずいて話を戻した。

「それで、そちらの事情というのは」

早瀬はちらりと花苗をかえりみて、

「じつは、妻は暮れに流産しまして。『胞状奇胎《ほうじょうきたい》』と言ってもおわかりになるかどうか——」

言いよどむ男の後を、花苗が引き取った。

「あたし、もう子供は産めないの」

その言葉に、部屋の空気は一変した。梅雨《つゆ》の晴れ間の日差しが磨《みが》き込《こ》まれた濡《ぬ》れ縁《えん》を明るく照らしていたが、座敷にはその光は届かない。しらじらとした人工の明かりの下で、四人はしばし黙した。

庭の鹿《しし》おどしがカコンと軽い音をたてたとき、絢人はやっと言葉を絞り出した。

「それは、何と言っていいか。――じゃあ、七五三のころからもう悪かったんだ？」

「ええ。つわりにしては変だとは思ったんだけど」

「いろいろと――そのう――つらかったろうね」

花苗は座卓を回り込んで、絢人の方に膝を進めてきた。その性急な動きに、がちゃりと卓上の皿小鉢がぶつかり合う。手をつけられないまま冷えて固まった煮汁が、ねばっこく跳ねた。

「そうよ、つらいのよ。この人の子供を産んであげることができないなんて。でもこの人は、美里をわが子と思って可愛《かわい》がると言ってくれたの。だから」

「ちょっと待った」

それまで黙って聞いていた藤堂が、割って入った。

「あんたがたの事情はよくわかったが、これからさき子供ができないという点では、私たちも同じだ」

花苗の口がぽかんと開いた。笑ったものか怒ったものかというふうに眉をひきつらせ、

「――ええ、もちろんそうでしょうけどね」

藤堂は真面目《まじめ》くさって続けた。

「絢人もあんたも、美里とは血縁のない『男』と暮らしてる。片方は勤務医で片方は中小企業の経営者。そして、どちらも子供は作れない。条件としては、ほぼタイだな」

つけつけと言う。一度は花苗の夫であった絢人にしてみれば、流産そして不妊という痛手を負った彼女に対して、どうしても腰がひけてしまう。藤堂はそれを見てとって、憎まれ役を買って出ようとしているのだ。「家族の問題」と言い切ったときから、ただ同席するだけのつもりはなかったのだろう。

花苗の青白い頬に血の色がのぼった。

「裁判になれば勝てますよ。ホモのカップルが小さな女の子を育てるなんて、誰が考えても無茶だわ」

「それはどうかな」

藤堂はゆっくりと言った。

「事情はどうあれ、そっちは赤ん坊を置いて出て行ったんだろうが。それに私はホモじゃない。絢人もだ」

花苗より先に早瀬が口を挟んだ。

「生来のものではない、ということでしょう？　いま現に同性に対して性的嗜好《しこう》があることは、否定できませんよね」

さすがに医者だ。理は通っている。だが藤堂は不敵に笑った。

「たとえそうだとしても、マイナス材料とは思わないね。私がホモなら、かえって美里は安全だってことだろう」

「え？」

花苗には、藤堂の発言の意図がとっさに呑み込めなかったようだ。藤堂は、さらりと言ってのけた。

「娘が母親の再婚相手から性的虐待《ぎゃくたい》を受けるって話はよく聞くからな」

早瀬は鋭く反応した。

「あ、あなたは、私がそういう男だとでも言うんですかっ」

「売り言葉に買い言葉だ。雑な分類をしてくれるなという意味さ。義父は必ず妻の連れ子に手を出すものと決めつけるのと同じに、男同士で惚《ほ》れあってれば変態、とひとくくりにするのもどうかと思わないか」

相手はぐっと詰まった。完全に藤堂のペースだった。弱小ゲーム会社を率いて業界の荒波を乗り切り、社内でもオタク派と常識派の間をとりもってうまく舵取《かじと》りしている男なのである。頭でっかちの精神科医など、手もなくひねられてしまう。

だが絢人は、快哉《かいさい》を叫ぶ気にはなれなかった。藤堂がいわば自分の代闘士を務めてくれていることも、それが「家族」を守ろうとする藤堂の情愛であることもわかっている。それでも、言い負かされてじりじり追い詰められていく夫の横で唇を嚙みしめている花苗の血色の悪い顔から、目を離すことができなかった。新婚のころのふっくらとした頰、くったくのない笑顔を思い出す。夕食のテーブルで「あのね、あたしできたみたいなの」と早口に言ったときの瞳の輝きも。

——もとはと言えば、俺も悪いんだ。花苗が悩んでいるときに、ちゃんと受け止めてやれなかった。

絢人は、藤堂の舌鋒《ぜっぽう》をそらそうとした。

「ちょっと原点に戻ってみませんか。親権ってものは、親の都合より子供の幸せを一番に考えて決めることで」

早瀬は、ほっと息をついて、

「もちろんです。美里ちゃんの気持ちを無視するつもりはありません」

そのとき花苗は、水底からふわりと浮かび上がるように微笑んだ。

「じゃあ、美里に選ばせましょうよ」

「美里に?」

ほかの三人はほとんど同時に声を上げた。

「そう。どちらの親と暮らしたいか、美里自身に決めさせるの。それなら恨みっこなしでしょ」

恨みっこなしって何だ、と藤堂は眉をしかめて呟いたが、花苗は取り合わなかった。

「だけど、今選ばせるのは不公平だわ。美里はあたしの顔も忘れてる。二歳の誕生日に会ったきりですもの。ある程度条件を揃えなくては」

「——どうしろと？」

あまり楽しい展開ではない。絢人は細い眉をひそめた。

「しばらく美里をあたしたちに預からせてちょうだい。そうね、せめて三ヵ月——いえ二ヵ月でも。幼稚園は休ませてもいいでしょ。もうすぐ七月だし、少し早く夏休みに入ったと思えば」

早瀬も急いで言った。

「私も賛成です。ぜひそうさせてください。美里ちゃんとうまくやっていけるかどうかも心配ですから」

絢人はもう一度花苗に視線を戻した。余裕のある口ぶりに反して、花苗のまぶたは神経質にひくついている。

絢人自身は、今この瞬間に美里に選ばれないかもしれないとは、露ほども考えなかった。自分と美里の間には、切っても切れない絆《きずな》がすでにある。突発性発疹《はっしん》、風邪、プール熱。幾度《いくど》も額の熱さを確かめた夜。初めて歩いたときのこと。おむつはずし。自分のことをはっきり「とうしゃん」と呼んだあの日——。

そこに途中から藤堂が加わった。絢人のそばにいつも美里がいることを、彼は自然に受けとめていた。藤堂と自分と美里と、はたから見たら奇妙な構成かもしれないが、家族としての確かな歴史を積み重ねてきている。

だが、不安はあった。生みの母と暮らしたら、美里は変わるかもしれない。男二人との生活の不自然さに、気づいてしまうかもしれないのだ。

断ってしまいたかった。そんな賭けなどしたくはなかった。しかし絢人は、ゆっくりと言った。

「その後で美里が俺たちと暮らすことを選んだら――裁判とかにはしないと約束してくれるのか」

花苗はテニスボールを打ち返すように、弾んだ声で答えた。

「ええ。美里に選ばれなかったら、きっぱりあきらめるわ」

「わかった」

短く言い切ると、

「おい、絢人！」

藤堂が抗議の声を上げたが、早瀬はいそいそと絢人に盃《さかずき》をさした。

「いえ、私はあまり……」

「まあ、これからは家族ぐるみのおつきあいということで、お近づきのしるしに。それで、美里ちゃんはいつ迎えに参りましょうか」

絢人は、なみなみとつがれた盃にやむなく口をつけながら、横顔に突き刺すような藤堂の視線を感じていた。

帰りのタクシーの中で、後部座席に並んで座った藤堂は不機嫌だった。

「ったく。応援演説してたら、候補者が勝手に勝負を降りちまうんだからな」

絢人は黙っていた。

相手の提案を受け入れたのは、ただ花苗が気の毒だったからではない。裁判にでもなったら、自分と藤堂のプライバシーも暴《あば》かれる。さっきの態度からして、藤堂はホモだゲイだと指弾《しだん》されてもたじろぐまい。だがもし、感情的なもつれから中傷合戦のようなことになりでもしたら。いわれのない侮辱《ぶじょく》を黙って受けている男ではない。花苗も情緒不安定だというし、「家族ぐるみのおつきあい」どころか、美里を大人同士の争いに巻き込んで、心に取り返しのつかない傷を負わせることになりはしないだろうか——。

——つくづく俺って、トラブルが苦手な心配性なんだな。

難しい事態になればなるほど生き生きして粘りを発揮《はっき》する藤堂とは、人種が違うとしか思えない。ちらりと横目で見ると、藤堂は腕を固く組み、精悍《せいかん》な眉を気難しく寄せている。このぶんでは、美里を預けた後の二人きりの暮らしは、かなり居心地の悪いものになりそうだ。

絢人はこめかみに鈍い痛みを感じた。美里にどう話そうかと思うと、その痛みはいっそう強くなった。

結局、美里を引き渡す約束の日の前夜まで、絢人は話を切り出すことができなかった。美里の扱《あつか》いに困ったとき、よく助け船を出してくれる藤堂も、今回はあてにできない。彼は済んだことを責め立てはしないが、あれ以来、どうも隔《へだ》てを置かれているような気がする。こちらに疚《やま》しい気持ちがあるから、そう思うのかもしれなかった。果敢《かかん》に闘《たたか》う藤堂をよそに、あっさり相手の要求を呑んだ絢人の行動は、敵前逃亡と言えなくもない。さぞむかっ腹をたてているだろうと思うと、絢人は素直に寄りかかれないのだった。無邪気にふるまう美里がいなかったら、この数日間は、もっと気詰まりな思いをしただろう。

遅く帰宅して一人で夕食をとった藤堂は、寝酒のつもりかバーボンのグラスを片手に居間のソファに陣取った。その足元では、美里がフローリングに腹這《はらば》いになって、ピースの大きな幼児向きパズルに取り組んでいる。

絢人は、片づけを済ませた後もぐずぐずと台所に居残っていたが、やがて意を決して美里のそばに膝をつき、話を持ち出した。

「おかあ……しゃん？」

美里は子犬のように首をかしげた。

「そう。覚えてないかな？　二つのお誕生日に、メリーゴーラウンドのあるレストランでごはん食べたろ。そうだ、あのとき『ミカちゃんハウス』をもらったじゃないか」

その玩具《おもちゃ》は、ときどき引っ張り出して遊んではいるが、誰からもらったかなど覚えてはいないようだった。

藤堂がグラスを揺すりながら口を挟んだ。

「無理無理。一年も前のことなんか、この年で覚えてるもんか」

絢人は恨めしそうに藤堂を見やり、今度は別の方向から攻めることにした。

「幼稚園で、こないだ母の日があったよね。美里はそのとき、写真を持ってって、お母さんの絵を描いたよね？」

「うん」

「ゆかちゃんとこも、りょうくんとこもお母さんがいるだろう。美里にもいるんだ。一緒に暮らしてないだけで。いつも美里のこと考えてて、会いたがってるんだよ」

「――ふうん」

気のない返事だ。いっそもっと大きければ、こっちが水を向けなくても、「どうしてうちにはお母さんがいないの」とか言い出すのだろうが。いや、言い出さなくて幸いとも言えるのだが、こういうときは困る。

絢人は奥の手を出した。

「美里は、夏休みになったら、海水浴とか虫取りとか行きたいって言ってたろう。でも、とうさんもパパも忙しくて、行けるかどうかわからないんだ。お母さんがいいとこに連れてってくれるから」

「かいしゅいよく？」

美里は跳ね起き、ぱっと顔を輝かせた。

「お母さんちは湘南《しょうなん》の方だから、きっと海が近いよ。それに長野《ながの》のおじいちゃんのとこにも行くかもしれない。山の中だから、カブトムシとか飛んでくるんじゃないかなあ」

「カブトムシ、ほしい、ほしい」

小さなこぶしを握りしめ、ぴょんぴょん跳ねる。

「じゃあ、お母さんのとこ、行く？」

現金に、うんと大きくうなずいて、思い出したように、

「とうしゃんもパパしゃんもあとで来る？」

「——仕事が済んだらね」

明日出発だから早く寝ようねと言われて、美里が歯ブラシを取りにいくと、藤堂はさっそく突っ込んだ。

「いいことばっかり並べやがって。おまえ、AV女優のスカウトがつとまるぞ」

「娘を闇金に取られたくなかったら愛人になれ、と丸め込む奴《やつ》には負けるけど」

藤堂はむっとした顔でグラスを置いた。そこへピンクのコップと歯ブラシを持って、美里が駆け込んできた。

「きょうはどっちにしようかな。て・ん・じ・ん・さ・ま・の・い・う・と・お・り。パパし

やんだあ！」

美里はソファに飛び上がり、藤堂の膝にころんと頭をのせて、大きく口を開けた。


藤堂《とうどう》が出勤している間に、絢人《けんと》は美里《みさと》を連れて待ち合わせ場所へ向かった。できるだけ楽しい場所でということで、電車で二駅先の大きな児童公園で美里を引き渡すことになっていた。向こうは夫婦で来ていた。満面の笑みを浮かべて駆け寄る花苗《かなえ》の後ろから、いくらか緊張した面《おも》もちの早瀬《はやせ》がついてくる。

「美里ちゃん、こんにちは。お母さんを覚えてる？」

「う～んとねえ……」

困ったように絢人を仰《あお》ぎ見《み》る。

「お母さんに絵を見せてあげたら。ほら、母の日の」

美里はうなずいて、赤いリュックから丸めた画用紙を引っ張り出した。

「あらまあ。これ、あたし？　嬉しい！」

早瀬ものぞき込んで、

「ほう。美里ちゃんは絵がうまいんだなあ」

「とうしゃんもね、おえかきじょーずなの」

美里はそう言って、得意げに小鼻を膨《ふく》らませた。

絢人が美里の片手をひき、もう片方の手を花苗がとって歩いた。一歩下がって早瀬。パラソルの下のテーブルについたところで、早瀬と絢人がスナックスタンドからクレープやジュースを運んだ。

「幼稚園、楽しい？　どんなお遊戯《ゆうぎ》をしてるの？」

ものおじしない美里は、身振り手振りをまじえ、例の舌ったらずな調子で、習った歌を披露《ひろう》する。花苗は大げさに感心して手を叩いた。早瀬もぎこちないながら、うまく機嫌をとっていた。

このぶんなら大丈夫、と絢人はさりげなく腰を上げた。

「じゃあ、美里。とうさん、仕事があるから。お母さんとおじさんの言うことよく聞いて、わがまま言わないいんだよ」

「いやあ。おじさん、わがまま言ってくれた方が嬉しいなあ」

早瀬は、にこにこと目尻《めじり》を下げて言った。

「それじゃ、お願いします。ときどき電話しますから」

公園の出口で振り返ると、花苗が美里に何か耳うちし、美里は元気よく手を振った。

——少しはぐずるかと思ったのに。

職探しに行くために保育所に預けた美里が、必死に這《は》って後追いしてきたことが思い出された。腕の中で泣き寝入りした赤ん坊の重さも。その重さが今さらに懐かしかった。

絢人はほっとしたような拍子抜けしたような気分で、公園を後にした。ちょうど依頼された仕事も終わって暇になっているときだったから、まっすぐ帰る気にはなれなかった。早く家に帰りたいと思うのは、待っていてくれる人がいるからだ。藤堂もどうせ遅いだろう。美里の気配の消えた家に、一人でいたくなかった。

——二ヵ月だけと思っていてさえこうだ。今さらあの子を手放すなんて、できるはずがないのに。

都心に出て本屋をめぐり、欲しかった画集を買い、読み捨てのミステリーを何冊か、古本屋で買い込んだ。忙しいときは死ぬほど忙しいが、仕事がとぎれると、まったく空白の時間が流れる。今回は、その空白がことのほかこたえるだろうと思った。

絢人は、遅い夏の夕闇が迫るころ、ようやく家路についた。驚いたことに、藤堂はもう帰宅していた。部屋着の上に絢人のエプロンをかけて出てくると、得意満面で、

「今度はうまくできたぞ」

何が、と訊《き》かなくても匂いでわかった。

「へえ。カレーにリベンジってわけ」

絢人は居間に本を置いて台所に行き、ホーロー鍋《なべ》のふたを取った。

「うまくできてるじゃないか」

小皿にひと口すくって味を見る。

「どうだ？　いつもの味だろう」

藤堂は胸を張って言う。絢人は複雑な顔で振り向いた。

「そうだけど。……いつもは美里がいるから甘口にしてるんだよ。大人ばかりなのに何もこんなに甘口でなくても」

藤堂は慌てたふうに、

「いや、俺も甘口好きだぞ。うん、カレーは甘いにかぎる」

わけのわからないことを言って、あたふたと皿やグラスを並べ始めた。

「――お皿、二枚でいいんだよ」

ディズニーの絵皿を、絢人は棚に戻した。二人は言葉少なに、甘口のカレーを口に運んだ。

食後は二人で皿を洗い、二人で片づける。いつもなら、どちらかが美里に捕まっているはずだ。同じ絵本をうんざりするほど繰り返し読まされたり、馬になって膝小僧が痛くなるまで這い回ったり。

「あの早瀬ってヤツも、馬にされてるかな」

キュッキュッとグラスを布巾《ふきん》で拭《ふ》きながら、藤堂はどこか小気味よさそうに言った。ふだんから、馬としては藤堂の方が酷使《こくし》されているのだった。

居間に戻ると、藤堂はTVのスイッチを入れた。九時のニュースが始まっていた。絢人は一瞬焦《あせ》ったが、急ぐ必要がないのを思い出して苦笑した。慌てなくても、早く風呂に入れて寝かせなくてはいけない子供はいないのだ。

二人とも、いつもよりゆっくりと入浴した。それでも時間はなかなか流れていかない。経済番組を見る藤堂の横で、絢人は画集を広げていたが、思いは美里に飛んでいた。

——もう風呂に入ったろうか。花苗はちゃんと、寝る前に歯みがきの仕上げをしてくれたか。家に帰るとダダをこねて、困らせてはいないだろうか。

「ちっこいのが一人いないだけで、やけに静かだな」

藤堂は、いくらかしんみりと言った。

「まあ、こういうのもたまにはいいかもな。美里が嫁にでもいっちまったら、どうせ二人になるんだ。いい予行演習だと思えば、な」

自分に言い聞かせるように呟く。そして大きく伸びをすると、

「そろそろ寝るか」

絢人を見ないで立ち上がった。

「——うん」

絢人は画集を書棚に片づけた。ひと足遅れて寝室に行くと、藤堂は自分のベッドに腰かけていた。

「来いよ」

座った横をぽんぽんと叩く。

――まあ、そういう流れになるだろうな。

美里が幼稚園に行っている間に、わざわざ外でデートするほどだ。こういう機会をのがすはずがない。

正直、絢人自身は今そういう欲求を感じてはいなかった。だが、拒《こば》むつもりもない。藤堂の方から歩み寄ってくれているのは、絢人にもじゅうぶんわかっていた。

並んで腰を下ろすと、藤堂は、そっと指を絢人の手に絡めてきた。節の太い大きな手は、絢人の華奢《きゃしゃ》な手をすっかり包んでしまう。そのぬくもりが、腕をつたって上がってくるような気がした。性感とは異なる疼《うず》きが、胸をそよりと撫《な》でる。絢人は、重心を心もち藤堂の方に傾けた。

藤堂は絢人の顔をのぞき込むようにして、

「寂しいだろう、美里がいないと」

絢人は微笑《ほほえ》んで首を振った。

「克己《かつみ》がいるじゃないか。……あんたってときどき大きな子供みたいなんだから」

むきになって言い返すかと思ったが。藤堂は神妙な顔でうつむいた。

「すまん」

絢人は首をかしげた。

「何が」

「俺なんかとくっついたから――。俺たちが普通のカップルだったら、おまえ、もっと強気につっぱねられたんじゃないか？　畜生、俺が女だったらなあ」

絢人はあっけにとられて、まじまじと藤堂の顔を見た。光の強いまなざし。高い鼻梁《びりょう》。たくましい首すじ。美形といえば美形だが、男らしさそのものだ。

「克己が……お、女だったらって……そ、それって、ぷ、ぷははは！」

絢人は体を二つ折りにして笑った。笑って笑って、とうとうベッドの上に横倒しになってしまった。どうにか収まりかけては、またひくっと横隔膜《おうかくまく》がけいれんして。

しかし、ひきつるような笑い声は、いつのまにかすすり泣きになっていた。涙がこぼれ落ちて初めて、絢人は、自分がどれほど傷《いた》んでいるかを知った。

ただ美里と離れていることがつらいのではない。不安だった。注いだ愛がむくわれないはずはない、と能天気に信じられるほど若くはないから。美里は、ずっと母と暮らしたい、と言い出すかもしれない。今はよくても、少し大きくなってまわりからあれこれ吹き込まれたら、自分や藤堂をうとましく思うようになるかもしれない。いや、その藤堂だって、心変わりしないとも限らないではないか。会社が大きくなれば、公式の場に連れて出る「妻」が必要になるということも――。ばかげた想像だと思っても、理性の立ち入れない場所に、それは棘《とげ》のように刺さっていた。

泣き声をこらえて喉が鳴ったとき、ベッドが低くきしんだ。藤堂が絢人の背後に横たわったのだ。長い腕が伸びてきて、背中から抱きかかえられた。胸にひきつけた腕の上からすっぽりと包み込まれる。藤堂はそのまま動きを止めた。本当に、ただ抱きしめているだけだった。こういう体勢になったら、いつもなら胸といわず尻といわず熱心に撫でまわす手が、動く気配もなかった。ただ二人の鼓動だけが時を刻んだ。

ずいぶん長い時間がたって、絢人は言った。

「ひょっとして、我慢してる？」

「こういうのは我慢て言わないんだぞ。おまえの気分にシンクロしてるんだから、俺にとっちゃ自然だ」

藤堂の深い声が、背中からじんとしみとおった。

「――好きだよ、克己」

眠りに落ちる寸前に、絢人はそっと呟いた。


七月に入ってすぐ、絢人《けんと》はタキオン社に出むいた。

エレベーターが六階に止まると、シャツの襟元《えりもと》を直し、腕にかけていたジャケットをはおった。クーラーが効いているからということもあるが、今日はいつもの半端仕事の話ではない。原画から起こして第一期の完成まで丸抱《まるがか》えになると思うと、やはり緊張する。ゲーム開発の第一期は、企画の狙《ねら》いをビジュアル化するという段階で、デザイナーの力量がもっとも問われるのだ。前に勤めていた会社をクビになったきり、長いこと組織の中で働いていなかったから、それも気がかりだった。

――育児休業が明けて職場復帰する女の人って、こういう気分かもな。

絢人はこれまで、内職的な仕事を請け負《うお》うことが多かった。なるべく在宅で、という条件がはずせなかったから仕方がないが、そろそろ自分の力を試してみたいと思っていた。そこへ藤堂《とうどう》が、「美里《みさと》のいない今なら、無理もできるんじゃないか。実は、何とかクリスマスに間に合わせたい企画があるんだ。泊まり込みありのハードな仕事になると思うが、パイロット版までやってくれりゃ、後は融通《ゆうずう》がきくから」と、社内のプロジェクトチームに加わることを勧めたのだ。そして、「家でぐじぐじしてたって、気が滅入《めい》るばっかりだろう」と、いささかぶっきらぼうに付け加えた。絢人は、ありがたくその話を受けることにしたのだった。

去年、社の規模は六階フロア全体に拡大したが、ときどき出入りしていたから勝手はわかっている。エレベーターホールを右手に出ると、社長室・応接室・会議室を備えた総務部。左側が制作部だ。そちらの廊下には、新しい機材が届いたのか、大きなダンボール箱が壁に沿って並んでいた。

その陰からひょいと出てきたのは、顔見知りの若いデザイナーだった。

「あ、麻生《あそう》さん。今日から出社ですか」

「うん。しばらく厄介《やっかい》になるよ」

若者は、うらやましそうに言った。

「あの企画、クリスマス商戦の目玉なんですってね。大変でしょうけど、がんばってくださいね」

そして、何か用事があって出てきたのだろうに、絢人を案内するつもりか先に立って制作部のドアを開けた。

絢人は、目を瞬《しばた》いた。迷路が増殖《ぞうしょく》しているような気がする。

「なんか、先月来たときと違ってない？」

「ええ。プロジェクトが消えたりできたりするたびに、巣が移動しますもんね。こないだなんか、この中をね、変な怪物に追われて逃げ回る夢をみましたよ、俺」

それ、ゲームにしたらと言いかけて、創成期にそんなようなゲームもあったな、と思い出した。

「えーと。僕はどこへ行けばいいのかな」

ややかん高い声がそれに答えた。

「麻生くん。こっちこっち」

奥まった開発部のパーテーションから立ち上がって手招きしているのは、ディレクターの江《え》副《ぞえ》だった。彼とは最初の仕事以来のつきあいだ。背が低いので、やっと鼻から上だけがのぞいている。

パーテーションの中に踏み込んで、机の上に江副の私物である『エビゾーくん飼育キット』を見つけ、絢人は声を上げた。

「あれ？　江副さん、配置替えなんですか」

江副は、照れ臭そうに新しい名刺を差し出した。開発部長に昇進していたのだ。前の開発部長だった高取《たかとり》は別会社を作って独立したという。

「子供ができて一念発起《ほっき》したんしょ。やっぱ男なら一国一城のあるじってとこ？　ま、俺はそんな野心ないけど」

ちょっと声を落として、

「ここだけの話、資金は社長さんがかなり援助してやったらしいよ。こういうの、『形見《かたみ》分け』とかいうんだっけ？」

「それを言うなら『暖簾《のれん》分け』ですよ」

絢人は苦笑した。ゲームオタクっぽい江副は、やや一般常識に欠けるところがある。だが、あけっぴろげで嫌味のない性格だから、つきあいやすい相手ではあった。

それにしても、藤堂が高取の独立に資金を出してやっているとは初耳だった。育児をめぐる夫婦のいさかいまで知っているのだ。親しいには違いないが。

——自分とこのライバルになるとか考えないのかな。ほんと太っ腹というか、うん、たしかに人情家だよな。

スタッフが流動的なこの業界で、社員の定着率が高いのもうなずける。雑なように見えて、よく気の回る男なのだ。

江副は絢人に椅子を勧めると、どういう基準で整理されているのか見当もつかないファイルの山から一つを抜き出した。企画部から提出された仕様書《しようしょ》らしい。

「んじゃ早速だけど、コンセプト説明するから。今回は、原作つき。かじや晶《あきら》の『コスモ・ロジック』は知ってるよね？」

このごろは美里のおつきあいで絵本ばかり読んでいる絢人だが、さすがにそのSFコミックは読んだことがあった。本決まりになるまで極秘だったというのも納得できる。かじや晶は中堅どころの少年漫画家だったが、この作品が大ブレイクしてアニメ化・ゲーム化の話で追い回され、すっかり人嫌いになっているとも聞いていた。藤堂も、よく口説《くど》き落としたものだ。

江副は説明を続けた。

「三人の若者と一体のロボットが惑星探査をする話だ。行く先々でいろいろな冒険をするけど、毎回違った風味なのが人気のポイントだろうな。ホラーとかミステリーとかメルヘンとかね。

今回はミステリータッチでいく。これが当たれば、第二弾、第三弾と味つけを変えて出すことになるよ」

ゲームの風味によって、同じキャラでも微妙にカラーを変えるということか。それはやり甲斐があるだろう。

「でね。今回は原作にないオリジナルキャラも作ることになってる。少年と少女一人ずつ。プレイヤーはどちらかを選んでゲームの世界に飛び込むことになる。選ばれなかった方はほかのキャラと同じようにシステムが動かす。単なる脇キャラじゃない。サイドストーリー的には主役を食うこともできる設定なんだ。原作キャラはあまりいじれないだろうけど、オリキャラは思い切ってやってみてくれ」

オリキャラと聞いて躍った胸を、絢人はしいて抑えて、

「原作者も了承してるんですか」

「うん。どう料理してくれるか楽しみにしてる、とさ」

武者ぶるいのようなものが背筋を駆け抜けた。心地よい戦慄《せんりつ》と熱感。手応《てごた》えのある仕事になりそうだ。だが絢人は淡々と言った。

「それはかえってプレッシャーですね」

「なに、君はプレッシャーには強いっしょ」

「そんなことないですよ。どうして僕がそんな」

江副は親指をくいと曲げて、総務部の方角を示した。

「最大級のプレッシャーと暮らしてるでしょうが」

絢人は、ぷっと吹き出した。江副は、藤堂と絢人が同棲《どうせい》していてそういう仲だということを知っている。ほかにも数人、事情を知っている社員がいるが、そのことで嫌な思いをしたことはない。普通の企業ならどうかわからないが、多少とも社会常識からずれている連中が多いからか、あまり偏見《へんけん》はないようだった。

「まあ、江副さんがアタマなら、僕もやりやすいですよ」

そう言うと、江副は眉を曇らせた。

「残念。直接のアタマは俺じゃないんだ。後で引き合わせるけど、ディレクターは今度サガから来た人で、キャリアからするとうちなら部長クラスなんだけど、社長は子飼いを大切にする人だからさ。しばらく現場をやらせてから、ポストを考えるつもりらしい。——あ、これ本人にはオフレコね」

江副の口が軽いのはあいかわらずだ。それにすぐ感情が顔に出る。

——さては苦手なタイプなんだな。

「大手から呼んできたんですか。切れる人なんでしょうね」

水を向けると、やはり本音が出た。

「切れ過ぎてはみ出すタイプなんしょ。やり手と評判だけど、正直ああいうクールなタイプは、

「俺ちょっとパス」

ぺろっと舌を出して顔をしかめた。そして立ち上がると、再びパーテーションから首を伸ばしてあたりを見回し、

「ああ、ちょうどいい。能美《のうみ》が来たから、一緒に行こう」

絢人が立ち上がって見ると、ひょろっとした若者が脇目もふらずこっちに歩いてきて、危うく通路の観葉植物の鉢にぶつかりそうになった。洗《あら》い晒《ざら》したジーンズに黒っぽいTシャツ、顔つきも高校生のようだ。それでも二十歳は越えているのだろうが。

若者は立ち止まり、二人のどちらにともなく、ぺこりと頭を下げた。

江副はパーテーションから出て、絢人を目で促《うなが》した。

「こいつ、メカ担当で。能美は麻生くんを知ってるよな？」

若者は、はっきりしないうなずき方をした。これまであまりメカニックなゲームに係わったことのない絢人には、見覚えがなかった。

「よろしく」

絢人は軽く頭を傾けた。横から江副が、

「キャラは麻生くんの担当だけど、ロボットはメカデザインとしてこいつに任すから」

「すると、背景は」

「杉元《すぎもと》だよ。あいつはよく知ってるっしょ？　前作が上がったばかりで今日まで休みなんだ。

で、このゲームのデザインチームは三人」

そして歩き出しながら軽く言ってのけた。

「いちおうチーフは麻生くんてことで」

絢人はあわてて追いすがった。能美がその後に続く。

「何言ってるんですか。キャリアなら杉元さんの方が。それに僕は本来社外スタッフですよ。最終段階までつきあえるわけではないんですから」

「それは三人とも同じ。デザイン部門はどうせ第一期完了で『イチ抜けた』みたいなもんしょ。この中じゃ君が最年長なんだからさ」

江副は、ぽんぽんと気安く肩を叩いた。絢人は、救いを求めるように能美を振り向いたが、その硬質な若い顔には何の表情も浮かんでいなかった。

メインストリートのような大きな通路から折れて窓際に出た。窓といっても、外の光が入らないようにスクリーンは下げっ放しになっている。その一角にも、開発機と呼ばれるゲーム用パソコンがずらりと並んでいた。背の高い先客がいて、小肥《こぶと》りの若い女に身をかがめるようにして何か指図している。

「志波《しば》さん。『コスモ』のデザイナーさんたちです」

江副が声をかけると、男は腰を伸ばして向き直った。藤堂とそれほど背丈は変わらない。が、肩や腰は薄く、やや頬骨の高い和風の顔を銀縁《ぎんぶち》の眼鏡と薄い唇が引き締めている。怜悧《れいり》、という形容がぴったりくる感じだ。年のころは三十前後というところか。

志波は、絢人を上から下までさっと見て、眼鏡の奥の切れ長な目を光らせた。

「ああ。君が絵描きチーフさん？」

絵描きとか音屋といった言い方は、この業界では普通らしい。だが藤堂は、それをタキオンでは採用していなかった。デザイン部門、サウンド部門と言っている。部門というほど大人数ではないのにそういう言い方をするのは、小さい会社だけに、社員にプライドを持たせたかったのかもしれない。

——なるほど。江副さんや高取さんになら「絵描き」と言われても気にならないだろうけど、この人だとどうも……。

江副が苦手意識を持っているのがわかるような気がする。

「麻生です。キャラデザインを担当します。よろしく」

絢人が頭を下げると、能美も仏頂面《ぶっちょうづら》で「どうも。能美っす」とお辞儀をした。

志波は軽くうなずくと、

「設定の原画、なるべく早く出して。原作者に見せなきゃならないから。せっかく話をまとめたんだ、ぐずぐずして機嫌を損ねたくないからね」

それだけ言うと、横の女の子に顎《あご》をしゃくった。彼女は大きな紙袋を絢人に差し出した。

「これ、資料です。それから、開発機はこちらを使ってください」

そう言いながらパーテーションを動かして、小さな島を作った。これから一期の開発終了まで、その一画が『コスモ・デザインチーム』の巣になるのだ。

絢人《けんと》がタキオンに通うようになって、二週間ほどたった。社内では、藤堂《とうどう》と顔を合わせることはほとんどない。会社の規模が大きくなったので、藤堂も昔のようにさいさい制作現場に首を突っ込んでもいられないのだろう。勤務時間もまちまちで、絢人が夕方帰れば藤堂は午後から出ていて帰宅は深夜になり、またその反対に、藤堂は定時に帰ったのに、絢人は夜明け近くまで制作部に詰めているということもあった。

美里《みさと》がいないのを寂しく思う余裕もないのはありがたいが、せっかく同じ会社にいて、こうも接点がないというのも妙な気がする。

その日は、久しぶりに二人でくつろぎの時間を共有することができた。

絢人がシャワーを済ませて出てくると、バドワイザーをすすりながら、藤堂はけだるく訊《き》いた。

「どうだ、仕事の方は」

居間の冷房は強くしてあったが、風呂上がりの火照《ほて》りをさまそうというのか、藤堂は素肌にバスローブ一枚でフローリングのビーズクッションに転がっていた。筋ばった首から鍛《きた》えた胸筋、それに引き締まった脚が薄いパイル地からのぞいている。

美里のことで料亭に行った時のめかし込んだ姿も水際だっていたが、こうしてくつろぐ姿にも、すこやかな男の色香があった。

絢人もキッチンで冷えたジンジャーエールを仕込み、揃いのローブで藤堂の横に腰を下ろした。

「ちょっときついけど、すごくやり甲斐《がい》あるよ」

「きついって、技術的な問題か？」

絢人は口を濁《にご》した。

「まあ、いろいろと」

それ以上突っ込んでは訊かれなかった。藤堂は、ふだん絢人の仕事にあまり口を挟《はさ》まない（夜の相手もできないほど過密なスケジュールになると文句は言うが）。デザイナーの仕事は、ある意味感性勝負だ。その感性を持たない者が干渉《かんしょう》すべきではないというのが、藤堂の持論なのだ。

絢人はぐいとグラスを呷《あお》った。喉に強い視線を感じた。

「少し痩《や》せたんじゃないか？」

藤堂は気遣《きづか》わしげに眉根を寄せている。絢人は、目に挑戦的な媚《こ》びを含ませて返した。

「そう思うなら、確かめてみたら？」

藤堂はわずかに目を見開いた。

「――誘い上手《じょうず》になったな」

手からグラスが抜き取られ、その滴《しずく》に濡れた手がローブの合わせ目からすべり込んだ。

愚痴《ぐち》をこぼしてしまうのを抑えるために、藤堂を誘ったようなものだった。実際は「ちょっときつい」どころではなかったのだ。「技術的な問題」でもなかった。

肉体的な疲労は、じっくり藤堂に愛されることで、むしろ軽くなったと言ってもいい。

あの後、居間のソファに絢人を引き上げてことに及んだ藤堂は、寝室に場所を移して二回戦に挑《いど》んだ。とろけるような濃い愛撫と腰がくだけそうになる深い結合は、そのまま心地よい眠りをもたらしてくれた。だが、精神的な疲労に特効薬はない。

絢人の精神疲労のもとは、「職場の人間関係」に分類されるものだった。

前からつきあいのあった杉元《すぎもと》とは、ウマが合っていた。何を考えているかわからない能美《のうみ》にしても、仕事の上では不都合はなかった。むしろ原作よりシャープでイメージ豊かなメカデザインを繰り出してくる。もともと原作はメカに重点を置いた描き方ではなかったが、能美のアレンジでSF設定が厚くなって世界観がしっかりしてきたようだった。そう評価しても、気のない返事しか返ってはこないのだが。

問題は、ディレクターの志波《しば》だ。いや、向こうにしてみれば、絢人が問題だと思っているだろう。

この時期のディレクターとデザイナーは、蜜月を過ごすか修羅場を展開する、両極端になりやすい。ゲームの方向性をめぐって双方の思惑が絡み、高取《たかとり》が言ったように「わがままとわがままのぶつかり合い」になってしまうこともある。

「巣」にやってきて、キャラ設定の初稿を見た志波は、少年キャラには「ふーん」という反応だったが、少女キャラには露骨に不満顔だった。

「あんまり可愛《かわい》くないね」

絢人を立たせてその椅子に掛けたまま、眼鏡ごしにすくい上げるように見る。絢人は後ろに手を組み、黙って相手を見返した。

「ポニーテールはいいんだけどな。なんか露出の少ない衣装だね。それに、全体にボディバランスがどうもねえ」

そういうふうに具体的に指摘されれば、答えようもあるというものだ。

「企画の方からいただいた仕様書によると、十代前半の活発な少女、という設定でしょう。それだと、こういう感じなんじゃ」

志波はいらだった声を上げた。

「だからね。もっと色っぽくできないか、と言ってるんだよ。可愛いってそういうことだろう」

「――そうでしょうか？」

隣の開発機についていた杉元が、はっと顔を上げた。企画サイドの要望に滅多《めった》に逆らわない絢人が言い返すとは思わなかったのだろう。マウスに手を乗せたまま、じっと横から見つめている。

「僕は、このくらいの女の子の可愛さは、色気とは別物だと思います」

「君の趣味は聞いてない」

冷ややかな瞳がますます冷たくなるのを感じながら、絢人は粘った。

「この漫画、中高生あたりが対象ですけど、内容的には小学生でもOKですよね。ゲームとなると低学年の子も手を出すだろうし、あまりお色気路線にしない方が。もとの漫画が健全路線だから、買い与える親もそのつもりでしょうし」

志波は鼻で笑った。

「このごろの子供は金を持ってる。親にねだらなくても自分でさっさと買うさ。子供だからエロに興味がないなんて、まさか考えてやしないだろうね」

そのときなぜか、あの歯科医院にいた母子連れの姿が脳裏に浮かんだ。美里《みさと》に本を取ってくれた小さなナイトと、やつれてはいるが明るく真《ま》っ直《すぐ》な母親と。絢人は口もとを引き締めた。

「それは――興味はあるかもしれませんが、その興味に迎合《げいごう》するというのは」

「迎合、けっこうじゃないか。こういうものは、漫画が売れてる間が旬の商品だ。末長く愛される作品になんて考える方がおかしいんだよ」

感情的にならないようにするには、いくらか努力が必要だった。絢人は静かに言った。

「そこまでいい子ぶるつもりはありません。ですが、原作の持っているカラーを台無しにするようなキャラにはしたくないです」

ぱちぱちと手を叩く音がして、二人は同時に見返った。杉元とは反対側の開発機についていいる能美が、前かがみのまま、ラックの下に突っ込んだ手で拍手していたのだった。モニターに向けた顔はいつもの無表情だった。志波は目をそばめて能美を睨《にら》んだが、能美はその視線に動じるふうもなく、また黙々と「お絵描き」を続けた。志波は舌打ちのような咳払いのような音を一つたて、

「とにかく。もう少し改良してみてくれ。ほかのキャラも全体にメリハリ効かせて」

「――努力します」

絢人は一礼してディレクターを見送った。

それが昨日のことである。まさか一日二日で改訂版を出せとは言わないだろうが、正直、今日は会社に行くのがうっとうしい。

――もう朝か。

どんよりした気分で起き上がったとき、隣に藤堂の姿はなく、枕元に乱暴な走り書きのメモがあった。

『朝イチで会議があるから先に行く。

おまえのチームには遅くなると伝言しといてやるから、ゆっくり寝てろ。

PS．やっぱり少し痩せてるぞ。抱き心地は悪くなかったが』

絢人は頬を熱くして、「冗談じゃない」と呻《うめ》いた。

「社長がじきじきに遅刻連絡なんか入れたら、どういう想像をされると思ってんだっ」

いくら社内に理解があっても、そこまで理解されてはたまらない。絢人は大慌てでシャワーを浴び、昨夜の痕跡《こんせき》をできる限り消して巣に駆けつけた。

杉元が顔を上げ、「早かったすね」とくったくなく笑った。

「えーと、あのう……」

絢人が口ごもると、杉元は、

「開発部長がチーフは遅れるって、さっき」

絢人はほっと胸を撫《な》で下《お》ろした。江副《えぞえ》経由なら、不自然じゃない。

「そうか。じゃ、ちょっと向こうに顔出してくる」

メインストリートをまっすぐ奥へ進んでいくと、江副は別のプロジェクトのブースの前に立っていた。そのチームはもう最終段階だったらしい。

「じゃあ、バグチェックは来週ってことで。ここはそれまでお休み。ご苦労さま」

江副の言葉に、パーテーションの中から、わっと歓声が上がった。江副自身もいくらか頬を紅潮させている。途中でつぶれるプロジェクトもあることを思えば、後はバグ（プログラム上の瑕《きず》）を修正するだけというところまでこぎつければ、ひと安心なのだろう。

江副は絢人に気づいて、気恥ずかしげな笑みを浮かべた。

「ああ……そのう、もうＯＫ？」

藤堂と絢人の仲を知っているとはいえ、これまではあまり実感がなかったのかもしれない。藤堂が何を言ったのか知らないが、江副は妙に意識してしまっているようだ。絢人もつられて、頬を染めた。

「克己《かつみ》、いや社長、何か言ってました？」

正直者の江副はぽろりとこぼした。

「うん、まあ、まだちょっと起きられないだろうとか何とか」

そのとき横合いから、ソフトだが棘《とげ》のある声がかかった。

「おや。『コスモ』はまだ部長審査の段階じゃないと思いますが」

志波がちょうど斜《なな》め後ろのブースから出てきたのだった。そこは自動販売機が置かれていて、喫煙室兼喫茶コーナーになっている。

はっと見返った絢人の頬には、まだ火照りが残っていたに違いない。志波は妙な顔をして、江副と絢人を交互に見やった。

「あ、いや。個人的にちょっとね」

江副は口ごもって、その場を逃げ出した。

それ以後も、志波との衝突《しょうとつ》は続いた。

原画をもとにCGキャラを作って見せたのだが、志波は小馬鹿にしたように言った。

「それじゃ、ま、これで動かしてみて？」

絢人はソフト部門にデータを渡し、数十秒ぶんの動画を試作してもらった。杉元の描くどこか牧歌的な風景の中、能美の鋭利なメカに引き立てられて、絢人のキャラたちは三次元の命を吹き込まれ躍動《やくどう》していた。

難しい顔で画面を眺《なが》める志波の横手に立ち、絢人は控え目に言葉を添えた。

「どうでしょうか。基本的な動作はこんな感じですが」

志波は口をすぼめてふうっと息を吐いた。

「もっとこう、下からあおる角度で跳ばせたらどうかな。ひょっとして見えるかっ？　と思わず画面に顔をくっつけるくらいに」

長い指は、あのオリキャラの少女を追っている。

「見える気遣《きづか》いはないです。下はスパッツですし」

真面目《まじめ》に切り返すと、

「スパッツの色をベビーピンクとか、肌と紛《まぎ》らわしい色にすればいいんだ」

こっちも溜め息が漏れそうになる。

「——そもそも、そういうコンセプトのゲームではありません」

志波はくるりと椅子を回して、絢人に向き直った。

「そう言うがね。遊びというか、プレーヤーにサービスする部分も必要だよ」

不本意ながら、もう黙ることでしか自分の意志を通せなかった。

絢人はしかし、藤堂には何も話さなかった。志波は二人の関係に気づいているかもしれない。経営者との個人的関係に寄りかかって仕事をしているとは思われたくなかったのだ。愛し愛されていても、仕事の上では特別扱《あつか》いを求めない。それが、絢人なりの筋の通し方だった。

そういう絢人の姿勢が通じたのかどうか、そのうち志波は何も干渉《かんしょう》してこなくなった。

「鬼のいぬ間っつうか、うるさくまぜくられないうちにシャカシャカ進めましょうよ」

杉元は、ちゃめっ気たっぷりに片目をつぶった。


鬼ではなく、藤堂《とうどう》が渡米することになったのは、もうあとわずかでパイロット版が完成するというときだった。数分間のパイロット版を設定書とともに原作者と上層部に検閲《けんえつ》してもらい、了承されたら、本格的な制作に入る。そうなれば、絢人《けんと》の仕事も一段落だ。

藤堂の出立《しゅったつ》を明日に控えて、絢人は早めに帰宅した。旅慣れた藤堂に手伝いは不要かもしれないが、明日は朝食もとらずに出るという藤堂のために、絢人は夕食を用意したかったのだ。コスモの仕事を受けてからは、美里《みさと》がいないこともあって、家できちんとした食事をとることはあまりなかったから。

テーブルに並んだ、味噌汁《みそしる》に魚の塩焼き、野菜の煮つけという心づくしの手料理に、藤堂は相好《そうごう》をくずした。

「和食とはありがたい。向こうじゃ朝からベーコンエッグだのクラムチャウダーだので、うんざりだよ」

藤堂は旺盛な食欲を見せた。こう綺麗に平らげてくれれば、作り甲斐もあるというものだ。

台所を片づけて二階に上がると、藤堂は寝室で荷造りをしていた。

「何か手伝うことない？」

声をかけてスーツケースのそばに膝をつく。藤堂は、クローゼットから替えのシャツを何枚か出して絢人に渡しながら、唐突に言った。

「何なら一緒に来るか？　パスポートは持ってるだろう。ここまできたら、仕事はほかの誰かに任せてもかまわないだろうが」

「うーん。勉強になるとは思うけど」

藤堂の行き先はロサンジェルス。世界的規模のゲームショーが、夏の盛りに開催されるのである。

「江副《えぞえ》も連れていくんだ。あいつ、ああ見えて英語ペラペラなんだぞ。帰国子女っていうのか、中学までカナダにいたんだと」

――日本語が不自由なのはオタクだからじゃなかったのか。形見分け、ときたもんな。

絢人はシャツを畳《たた》み直《なお》しながら、くすりと思い出し笑いをした。そして、着替えの量を目で計って訊《き》いた。

「向こうには何日くらい？」

「ショーの会期は三日だが、パブリッシャーを当たってみる予定だから、すぐには帰れんな」

パブリッシャーとは本来出版業者のことだが、この場合は、ゲームの代行販売をしてくれる業者のことだろう。

「アメリカに売り込もうっての？」

思わず高い声になる。世界のゲーム業界の動向を摑み、売れ筋を読むために行くのだとばかり思っていた。

「これからは国内だけではな。いずれ『コスモ』の英語版を作りたい。国内の反応しだいだが、今から糸口はつけておくつもりだ。英語収録スタジオも下見したいし」

つくづくエネルギッシュな男だ。その過剰《かじょう》な熱を放射する瞳でじっと見つめられると、こっちの体内にも熱がこもってくる。

「ほんとに行かないか。新婚旅行のつもりで。おまえが来るなら、いいホテルのスイートに替えるぞ」

言われてみれば、一緒になってからも忙しくて家族旅行などしていない。藤堂と海外旅行という案に惹《ひ》かれるものはあったが、絢人は首を振った。

「来週、原作者に設定書を出すって言ってたから。やっぱり結果が気になるし」

藤堂は、遠足の朝に雨に降られた小学生のような顔をしたが、すぐに気を取り直した。

「そうだ。美里に電話して、アメリカ土産《みやげ》は何がいいか聞いてやろう」

ポケットから携帯を取り出して、いそいそとボタンを押した。

花苗《かなえ》からは「里心がつくから、あまりかけてこないでよ」と言われているが、何かと用事を作って週に一度はかけている。そしてその用事をこしらえるのは、圧倒的に藤堂がうまかった。

だが、電話はすぐ切れた。絢人が換わる間もなかった。

「何だかあいつ、気もそぞろって感じだったぞ。見たいテレビ番組でもあったのかな」

首をひねって携帯をたたんだ藤堂は、電話に出ようとわきに来ていた絢人をぐっと抱きすくめた。

「おまえは土産、何がいい」

絢人は厚い胸板に押しつけられて、くぐもった声で返した。

「無事に帰ってきてくれれば、それだけでいいよ」

「——愛《う》い奴《やつ》よのう」

その言葉とともに、キスの雨が降った。スーツケースは、朝までうっちゃられていた。


藤堂《とうどう》が出発して一週間ばかりたったころ、絢人《けんと》は志波《しば》に呼ばれた。設定書に載せる原画は完成していた。パイロット版も仕上げにかかっている。期限が遅れるのはこの世界の常だが、今回は比較的順調に進んでいるといっていい。その点で文句をつけられることはないだろう。

絢人はフルカラーに仕上げた資料を持って志波のいるＡＶルームに向かった。

志波はテレビモニタで外国の人形アニメを見ていた。むろん個人の趣味ではない。ゲーム化できるかどうかをチェックしているのだ。

「失礼します。設定書の原画をご覧になりますか」

志波はビデオを止め、向き直ってファイルを受け取ったが、その中からキャラの設定だけを抜き出して突き返してきた。

「それはもういいよ」

「は——？」

志波は、モニタの上に置いた自分のクリアファイルから数枚のカラー原稿を取り出して、絢人の前に広げた。それは『コスモ・ロジック』のゲームキャラだった。だが絢人のものとはタッチが違う。そしてオリキャラの少女に至っては、まったく別物だった。かろうじて腰を覆《おお》う短い布。素足に見えるスパッツ。上目遣《うわめづか》いの媚《こ》びた表情。

「何ですか、これは」

絢人は抑揚《よくよう》のない声で訊《き》いた。

「フリーの絵描きに描いてもらったものだ。売れてないだけに素直でね。よくこっちの意図を汲《く》んでくれる」

「——そのようですね」

薄笑いを浮かべた志波の、眼鏡以外のところからも視線を感じる。綿ジャケットの胸から、サガのキャラクターTシャツがのぞいていた。メガヒットを飛ばした『ロニック』がVサインを突き出し、ウインクしている。

会社でこんな思いをするのは、あのとき以来だ。藤堂に初めて抱かれた夜の自分のリアクションが、新作BLゲームに取り入れられているのを知ったときの衝撃《しょうげき》と屈辱感《くつじょくかん》。

絢人の顔が青ざめていくのを、志波は面白《おもしろ》そうに眺《なが》めていたが、わざとらしく同情めかした口調で、

「大手ではよくあることなのさ。保険をかけておくんだよ。プロジェクトまるごと、複数のチームに競わせることだってある」

「当事者には知らせずに？」

志波はひょいと肩をすくめた。

「二の矢はないと思った方が、真剣にやるだろう」

二ヵ月、三ヵ月、ひょっとすると半年かけたプロジェクトが「保険」だったと知らされて解散する時の現場の痛みなど、少しもわかっていない言い方だった。

志波は、背景やメカの設定画にざっと目を通すと、さきほどの新たなキャラ絵とともに絢人の持参したファイルに収め、返してよこした。

「このキャラでCG起こして、すぐパイロット版に組み込んで。ほかは変えなくていいから、一週間もあればできるだろう。ソフト屋にはこっちから言っておく」

それだけ言うと、もう用は済んだとばかり、ビデオデッキのスイッチを入れ、ヘッドホンに手を伸ばした。

「このことは社長もご存じなんですか」

言いたくはなかった言葉が口をついて出た。口を出た瞬間に取り消したくなったが。

志波は耳からヘッドホンをはずした。

「語るに落ちる、か」

薄い唇が大きく横に広がった。

「君、社長さんと特別な関係なんだって？　ちょうど良かったじゃないか。主人がお留守なら体は空《あ》いてるだろう。徹夜《てつや》でやれば三日で終わるかもな」

絢人は唇を噛んでうつむいた。志波は笑いを含んだ声で続けた。

「社長の公私混同にも困ったもんだ。自分の愛人の暇つぶしに職場を提供されてもね」

絢人はさっと頭を上げた。

「暇つぶし？　どういう意味です」

「君は生活がかかってるわけじゃないだろう。女にもよくいるんだよな。自己実現したいとか何とかかたわごとを言うヤツが。おとなしく男に食わせてもらってればいいものを」

聞き捨てならない言葉だった。絢人は気色《けしき》ばんだ。

「僕は金銭的な援助なんか――！」

志波はいらいらと手を振ってさえぎった。反対の手に摑んだヘッドホンからは、かん高い声優の声と陽気な音楽が漏れている。

「それが可愛《かわい》くないっていうんだよ。可愛いキャラが描けないのも無理ないか。社長さんもあんがいもて余してるんじゃないの？　素直じゃないからな、君は。愛人へのお手当を経費で落とすなら、秘書にでもしときゃいい。現場に連れてきたのは、君のご機嫌を取るためなんだろうな」

――違う。俺と克己《かつみ》はそんな結びつきじゃない。

そう否定したかった。だが、あの言葉がふいに耳によみがえった。

『可愛げもなくなりやがって』

水に一滴、墨汁《ぼくじゅう》が落ちたように、黒いものが細く渦を巻いて拡がった。

絢人は喉の奥につかえるものをむりやり呑み下して、とってつけたようなお辞儀をした。頭を上げたときには、志波はもう真剣な目でアニメに見入っていた。

巣に戻ってきた絢人を見て、杉元《すぎもと》は声を上げた。

「どうしたんですか？　顔色悪いっすよ」

能美《のうみ》も振り向いた。絢人は、二人の間の椅子に崩れるように腰を落とした。

「キャラは却下《きゃっか》になった。新しいデザインでやり直す。その代わり期限は延ばしてもらったから」

「何ですって？」

杉元はキャスター付きの椅子ごとつーっと寄って来て、絢人の手からファイルをもぎ取り、目当てのものを引っ張り出した。お色気たっぷりに変貌《へんぼう》した少女キャラを目にするや、吐き捨てるように言った。

「あの野郎、社長も部長もいないときに勝手なことを」

そして、絢人の目にひたと視線を合わせた。

「黙って引っ込むんですか」

絢人は目を伏せた。

「俺はいいけど、がんばってくれた君たちに申しわけない。キャラを差し替えることで、設定書も遅れるし、パイロット版もそれなりにいじらないと」

「そんな。麻生《あそう》さんのせいじゃない。俺、麻生さんの絵の方が絶対いいと思ってます」

杉元は、能美をちらっとうかがって声をひそめた。

「ばっくれて元のまま仕上げちまいましょう。社長が帰ってみえりゃ、何とでも」

その言葉は、絢人の一番つついてほしくない場所をピンポイントで刺した。杉元はそんなつもりで言ったのではないだろうが。

絢人はきっぱり首を振った。

「向こうは企画畑の人だ。僕の絵に売れる力がないと判断された以上、悪あがきはしたくない」

そして、デスクの中から使用済みの封筒を取り出し、突っ返された自分のイラストをしまって立ち上がった。

「悪い。今日はもう上がらせてもらう。明日はたぶん……」

杉元も立ち上がり、親身に言った。

「無理しないでください。何なら二、三日休みをとったらどうですか、あてつけに。そのくらいしてもバチは当たりませんよ」

絢人はなんとか微笑《ほほえ》んで、「ありがとう」とうなずいた。ブースを出るとき、無愛想な若者の肩に手を置いて、「ごめんね。力不足で」と言うと、彼は目を宙にすえたまま低くひと声呟いた。「ブッコロス」と聞こえた。それが自分に対してなのか志波に対してなのか、確かめるのも怖かった。

藤堂が留守のあいだ、絢人は彼の車を使っていた。運転して帰る道すがら、頭の中は、仕事のことと藤堂のことと美里《みさと》のことがごった煮になっていた。密閉された個室で、それはグツグツ煮つまっていった。

――そういえば美里を預けてすぐだったな、この仕事を持ちかけてきたのは。俺の寂しさを紛《まぎ》らすために、仕事を鼻先にぶらさげたみたいじゃないか。『家でぐじぐじしてたって気が滅《め》入《い》るばかりだろう』って付け足しの方が、実は本音だったのかも。

なまじ優しくて気の回る男だということを知っているだけに、そういうお節介をしかねない、と思ったのだ。いつもなら嬉しいその心遣いが、今はたまらなくむかついた。

――対等な恋人だなんていい気になって。大きな手の中で守られあやされていただけじゃないのか、俺は。

子供に玩具《おもちゃ》を与えるように仕事をあてがわれたとも知らず、一人前のデザイナーとして扱われたものと信じ、張り切っていたことを思うと、震えがくるほど悔しかった。

――同じだ、あのときと。

絢人の中に渦巻く黒いものは、今や、はっきりとした形を取り始めた。

あの夜、絢人は、初めての体験に怯《おび》えながらも、相手の欲望に応えようと必死だった。その絢人を藤堂は醒《さ》めた目で見ていたのだ。欲望などではなく、探究心と商魂《しょうこん》で抱いた。その後でどれほど深く愛されたにせよ、最初に欺《あざむ》かれた事実は消えない。

車は、藤堂と暮らすことを決心したとき結婚指輪を投げ捨てた、あの橋にさしかかっていた。この橋を渡り終えれば、あとわずかで自宅だ。ボツになった原稿を家に持ち込むのもしゃくな気がした。会社でシュレッダーにかけてしまわなかった自分の未練にも、腹が立ってきた。

絢人は車を橋のたもとに停め、原稿を持って降りた。中央近くまで歩いていき、川面《かわも》を見下ろす。

「水葬にするか」

そう呟いて、封筒から取り出した紙の束《たば》を思いきりよく放り投げた。川風にあおられて、あるものはいったん舞い上がり、あるものは斜《なな》めにさっと水面に突き刺さった。

胸の奥がずきりと疼《うず》いた。精魂《せいこん》こめた作品だ。わが子を捨てたような気がした。舞い上がってきた一枚に思わず手を伸ばすと、指先をかすめて河川敷《かせんしき》の方に落ちていった。

「あ」

ほかにも、風向きが変わって岸辺に落ちた紙があった。そのあたりは河川敷を利用した公園になっている。まだ夕方というには早い時間で、小さな人影がいくつも動いていた。

急に冷えた頭に、赤信号がともった。

「まずい。拾われる」

　そう思ったとき、ブランコをこいでいた小さな男の子が、ぴょんと飛び降りると、原画を拾ってベンチの母親の方に走っていった。絢人は慌てて橋を引き返し、細い石段を降りて公園に駆け込んだ。

「すみません、散らかしてしまって」

　そばまで行って、女に見覚えがあることに気づいた。男の子にも。美里を連れていった歯医者で出会った母子だった。同じ歯医者にかかるくらいだ、家は近いのだろう。

「あら、あのときの」

　向こうも覚えていたのか、あいかわらず化粧《けしょう》っけもない顔をにこりとほころばせた。絢人は「その節はどうも」と口ごもりながら、拾ってもらった原画に手を差し出した。彼女はその手に渡そうとせず、

「ねえ、これ。『コス・ロジ』のキャラじゃなあい？」

「ああ、ご存じですよね。男の子をお持ちだから」

　そこへ、兄らしい年長の子供がもう一枚を拾ってきた。

「ママ。これも」

　それは、可愛くないと評されたオリキャラの少女だった。母親は、眉を寄せてしげしげと眺めた。

「これは──何？」

「あ。それは僕のオリジナルで」

絢人は自分の仕事について、素人《しろうと》にわかる範囲でかいつまんで説明した。

「で、それボツになったんです」

「これのどこが悪いの？」

女はつっかかるような声で言った。

「もっと色っぽくしろと。断ったら別の人が完成させてしまって」

「でもこれ、とてもいいよ。原作の雰囲気を壊さずに、ユニークなキャラになってるじゃない？」

絢人は苦笑した。素人のおばさんに誉められても仕方がない。

「まあ、上の方針ですから。それと、このことはご内聞《ないぶん》に。その絵もほんとは人目に触れちゃまずいんです」

女は、そうでしょうねとうなずいて、二枚を重ねて返そうとした。だが下の男の子が、横からオリキャラの方の絵をひったくった。

「やだ。これほしい」

「光太《こうた》。それ、おじちゃんのだから」

母親にたしなめられて、男の子はぷうっと膨《ふく》れた。その表情は、美里がすねたときとよく似ていた。絢人は微笑み、思わず言ってしまった。

「いいよ。それ、ボクにあげる」

「でも――」

何か言いかける母親に向かって、

「そっちは僕のオリジナルだし、採用されなかったものだから、あまり問題にならないと思います」

そして、しゃがみ込んで男の子と目を合わせた。

「その子を気に入ってくれて嬉しいよ。ありがとう」

志波が何と言おうと、藤堂の思惑《おもわく》がどうあろうと、自分の絵を欲しがる子供が目の前にいるのだ。それだけで、ささくれた気分がほんの少し和《なご》んだ。

絢人は男の子の頭を軽く撫《な》でた。幼い髪の柔らかな感触に、また娘を思った。

「それじゃ、これで」

立ち去りかけたところで、女に呼び止められた。

「おたくのお嬢ちゃん。お名前なんでしたっけ？」

「みさと、です」

「そ。みさとちゃんによろしくね」

絢人は微笑して会釈した。

家の鍵《かぎ》は開いていた。一瞬空き巣でも入ったかとどきりとしたが、玄関には大きな靴が脱いであった。

——克己が帰ってる。

噴《ふ》き上《あ》げる喜びを打ち消すように、憤懣《ふんまん》と反抗が心を浸食した。絢人は黙って靴を下駄箱に入れ、リビングに向かった。

藤堂は帰ってきたままのような格好で、ソファに転がっていた。疲れた様子だが、万事うまくいったのだろう、晴れ晴れとした顔で笑いかけた。そのくったくのない笑顔が、いっそう絢人の神経を逆なでするとも知らず。

「お帰り。早かったな。携帯の留守録、聞いたのか」

「——いや」

「いい子にしてたか」

「——ああ」

「どうかしたのか？」

さすがに眉をひそめて体を起こした。

「別に」

短く答えて、キッチンに入った。冷蔵庫を開け、冷茶をポットからグラスに注ぎ、ひと息に呷る。

「俺にも一杯。そうだ、あの件どうなった」

飲み干したグラスに茶を注ぎ氷を入れ、リビングに持ってきて差し出しながら、

「あの件って？」

「『コスモ』のデザイン。そろそろ完成だろう」

「別の絵描き屋のが採用されたよ」

藤堂がそういう呼び方を好まないのを知っていて、自虐《じぎゃく》気味に言った。口もとまで上がったグラスがぴたりと止まった。

「どういうことだ？」

「ほかに保険がいたんだ。——あんた、知らなかったの」

「知らん」

否定が素早すぎる気がした。あらかじめ用意してあった答えのような。

「そう？　案外、美里がいない間、俺を退屈させないためのお芝居だったりしてね」

「おい、絢人」

とまどった表情さえ、作りものに見えた。志波の毒に心が蝕《むしば》まれていたとしか思えない。

「アメリカに行こうって誘ったのも、俺がいない間に差し替えたかったんじゃないの」

藤堂は口をつけないまま、グラスをローテーブルに置いた。ひそめた眉には、怒りより憂慮《ゆうりょ》

の気配が濃かった。

「おまえ、マジにどうかしてるぞ。俺がそういうことをする人間かどうか――」

「したじゃないか」

切り返すと、藤堂はぽかんと口を開けた。

「何だって？　俺がいつ、そんな」

――やっぱりきれいに忘れてるんだ。

熱いどろどろしたものが喉もとに突き上げてきた。その噴出を止めることは、もうできなかった。

「『えっちでゴハン』のときは、上手《じょうず》に騙《だま》してくれたよな」

藤堂の顔色が変わった。あのゲームのことはこの二年間、一度も触れられないままだったのだ。絢人の告発は、油断しきった柔らかい喉笛にいきなり食らいついたようなものだ。

藤堂は立ち上がり、ぐっと奥歯を嚙み締めて絢人を見据《みす》えた。

「まだあんなこと根にもってたのか。執念深いヤツだな。女みたいだぞ、おまえ」

彼らしくもない、小学生の口ゲンカのような低レベルの反撃だった。動揺ぶりが知れるというものだが、それは、絢人の火になおいっそう油を注いだ。

「ああ、どうせ俺はあんたの『女』だ！　あの志波ってヤツの顔にそう書いてあったよ。社長の女のくせにってな！」

藤堂は、はっと息を吸い込んだ。いつもの冷静さを失っていた目が、何かを掴んで急速に醒《さ》めた。学問はないが、聡《さと》い男なのだ。

「――そういうことか。わかった、明日あいつと話をする」

「やめてくれ！」

抑えようとしたが、その声は悲鳴のように高かった。

「あんたに言われたら、志波は逆らえないじゃないか。虎の威を借《か》る狐になんかなりたくない。俺にだって、男のプライドってものがあるんだよ！」

ひと呼吸おいて、続けた。

「そんなこと、ちょっとでも匂わせたら、あんたとは終わりだ」

口から飛び出した言葉に、絢人は自分でも愕然《がくぜん》となった。

――終わり？　俺は何を言ってるんだ。

すーっと血が下がる感じがした。頭の中心にひどく冷たい部分がある。気分が悪い。絢人は逃げるようにリビングを出かけて、ふらりとよろめいた。が、たくましい腕に、がしっと抱きとめられる。顔を上げると、目の前に藤堂の熱いまなざしがあった。そして同じように熱っぽい唇がかぶさってきた。いつものトラサルディの匂い。

「んっ……」

後ろ首を大きな手が支え、口づけが深くなる。腕が腰に巻きつく。一週間ぶりに吸い込む藤堂の匂いにくらくらした。慣れた抱擁《ほうよう》にからだが自然に反応する。

――これじゃ女扱いされてあたりまえだ。

絢人はむきになって身をもぎ離し、藤堂を睨《にら》んだ。

「抱けばいいとでも思ってるのか」

藤堂は、ぎりっと唇を噛んだ。肩に力が入るのがわかった。こぶしを固めている。

――殴《なぐ》られる。

絢人は、リビングのガラス戸に背中をぴたりとつけて目をつぶった。

だが、こぶしは飛んでこなかった。藤堂はそのまま廊下に出て、受話器を取り上げた。

「あ、中央タクシーさん？　弥生丘二丁目の藤堂へ一台、すぐに」

絢人は、糸に引かれるように玄関口へ出て行った。藤堂はポケットの財布を確かめると、さっき絢人がしまった靴を出して履《は》いた。

「どこへ――」

おずおず言いかけると、

「男のプライドなら俺にもあるんだよ」

低い声で言い返し、ドアを手荒く閉めた。流しの空車が近くにいたのだろう、まもなく表に車の音がした。

――タクシーを呼んだということは、飲んでくるつもりなんだ。ちょっとでも酒が入ってるときはハンドルを握らない人だから。美里を乗せるようになってから、特にそうだ。

自分で運転していかなかったということで、絢人はいくらか安心した。家に帰ってくるつもりはあるのだ。それに、感情的になって運転を誤る心配もない。

それでも、同居以来最大の感情的ないさかいに、絢人はうちのめされていた。リビングに戻り、サイドボードから藤堂のコニャックを出して、グラスに注いだ。飲み慣れないきつい酒が喉を焼いた。

酒は睡眠薬になってはくれなかった。ただずきずきとこめかみが痛むばかりで、絢人は何度も寝返りをうった。夜中過ぎ、少しうとうとしたとき、表で車の停まる音、ドアの開閉する音、走り去る音がした。

——帰ってきた？

枕から頭をもたげていると、戸締まりをしていない玄関ドアに鍵を差し込む音がした。逆に閉めてしまったとみえて、もう一度がちゃがちゃいわせている。だがその後、階段を上がってくる気配はなかった。藤堂はリビングの方に入ったらしい。そのまま静かになった。ソファででも寝ているのだろう。

一つ屋根の下にいて寝室を別にするほどの喧嘩《けんか》は、本当に初めてだった。絢人は胸のつぶれる思いを味わっていた。

——どうしてあんな言い方をしてしまったんだろう。志波より嫌味じゃないか。殴られても仕方ないところだ。

そう悔やむ一方で、

――せめて一日でも二日でも遅く帰ってきてくれれば、少しは冷静に話ができたのに。こんなにアタマが沸《わ》き立《た》ってるときに、何だって帰ってくるんだよ。

自分でも理不尽だとは思うが、藤堂を恨みたくもなる。

また眠れなくなって闇の中で目を開いていると、出会ってからこれまでのいいことや悪いことが暗い天井に浮かんでは消えた。それでも、いつのまにか浅い眠りに引き込まれたらしい。夢を見ていた。

迷路のように入り組んだ通りは、どこか制作部のフロアを思わせた。美里と花苗《かなえ》が手をつなぎ、少し先を歩いている。追いつこうとすると角を曲がって、どこへ行ったかわからなくなってしまう。きょろきょろしていると、一つ二つ先の通りに姿が見える。だが走っていく間にまた見失ってしまうのだ。胸を掻《か》きむしられるような焦燥感《しょうそうかん》。

そのとき、藤堂が大股《おおまた》に歩いてくるのが目に入った。助かった、と思った。

「克己、美里を連れ戻して」

だが藤堂は、絢人の方を見やりもしない。ほかの誰かに呼ばれたように振り向くと、極上の笑みを浮かべた。そこには美里と花苗がいた。藤堂は片腕に軽々と美里を抱き、うっとりと見上げる花苗の肩に手を回した。

「克己——？」

茫然《ぼうぜん》と立ちすくむ絢人の目の前で、藤堂は花苗の肩を押して歩きだした。いつのまにか、迷路は外国の街角のような石畳《いしだたみ》の道になっている。舗道《ほどう》を濡らして降り始めた雨に、絵に描いたような家族連れの姿は煙った。雨の音が激しくなる。後を追おうとしたが、妙に足がすべって進めない——。

克己！　と絞り出した自分の声で目が醒めた。まだ雨の音は続いていた。それは階下から響いてくる水音だった。藤堂は起き抜けにシャワーを使っているらしい。絢人は嫌な汗をぬぐってベッドに起き上がり、そのままぼうっとしていた。

水音が途絶えてしばらくしてから、ゆっくり階段を上がってくる音がした。ドアの前でそれは止まり、ひと呼吸おいてコンコンと戸が叩かれた。絢人は頭からタオルケットをかぶってつっぷした。今、藤堂の顔を見たくなかった。こともあろうに、元女房に彼を奪われる夢など見た後では。

鍵はかけていない。ドアは静かに開いたが、藤堂は室内に踏み込んではこなかった。

「起きてるんだろう？」

いくらかしわがれた声である。

「志波が何を言ったかしらんが、俺はそんなつもりで仕事を持ちかけたんじゃない。おまえなら任せられると思ったからだ。——信じてもらえないなら仕方ないがな」

長い間《ま》があって、ベッドには近づかないまま、重い足音が階段を降りた。やがて、車庫から聞き慣れた排気音が走り出ていった。

電話がけたたましく鳴ったのは、絢人《けんと》が痛む頭を押さえながら、朝昼兼用のトーストをもそもそと食べているときだった。番号表示はタキオンの社長室だった。

「――はい」

警戒心が声にありありと表れているだろうな、と思う。だが、藤堂《とうどう》はそんなことに頓着《とんちゃく》する様子がなかった。

「絢人、すぐこっちに来れるか。緊急に『コスモ・チーム』を招集してるんだ」

「どういうこと？」

いらだたしげな声が、二日酔《ふつかよ》いの頭に突き刺さる。

「どういうことなのか、こっちが訊《き》きたい。おまえいつ、かじや晶《あきら》と懇意《こんい》になったんだ」

「え？　『コス・ロジ』の原作者と？　いや、俺は全然――」

「原作者に直接、プレゼンかけたんじゃないのか。おまえの絵を持ってるぞ。どう見たっておまえのだ、俺にはわかる」

——原作者にプレゼン？　そんなハッタリじみたまね、俺にできるはずがないのに。

とにかくすぐ来い、タクシーを飛ばして、と押しかぶせて電話は切れた。絢人は、まだ妙な夢を見ているのだろうかと首をひねりながら、あたふたと着替えをした。

玄関ホールで、ゆうべ藤堂が呼んだタクシー会社に今度は自分が電話する。妙な既視感があった。

通勤時間をはずれているせいか、道はすいていて、思ったより早く着いた。

運転手に、釣りはいいと言い捨ててオフィスビルに駆け込むと、エレベーターで六階に上がった。

制作部ではなく、右の総務部の方に入る。受付の女子社員は絢人を見るなり、「応接室です」と指さした。彼女が内線で「デザインチーフが今そちらに……」と伝えているのを背中で聞きながら、応接室に向かった。

ノックに応えて、まだどこか本調子でない藤堂の声が「入りなさい」と言った。

「失礼します」

一歩入って、顔を動かさずにさっとその場の顔ぶれをさらった。正面に藤堂。左に志波《しば》。その手前に江副《えぞえ》。そして右手に見知らぬ女がいた。三十過ぎというところか。細身のパンツスーツのきりっとした女だ。艶《つや》やかな髪をくるくると後ろでまとめて、洒落《しゃれ》たバレッタで留めている。薄化粧がいかにも業界の女らしい。気が強そうだが、かなりいい女の部類に入るだろう。

――どこかで会ったような気がするな。だがどこで？　最近は業界のイベントにも顔を出していないし、女の知り合いといえば、幼稚園のお母さんたちくらいだぞ。

そこまで考えて、絢人ははっと目を瞠《みは》った。

――似てる。眉毛《まゆげ》はもっとボサボサしてて、目の下に徹夜《てつや》明けのような暈《くま》があったけど。

女はにっこり笑って言った。

「昨日はどうも。みさとちゃんのお父さん」

そして、河川敷《かせんしき》で拾ったイラストをかざして見せた。

「え？　あの、光太《こうた》くんのお母さん？　どうしてここに」

彼女はいたずらっぽく首をすくめた。

「初めまして、というのも変だけど。私、梶谷晶子《かじたにしょうこ》と申します。ペンネームはかじや晶」

その言葉は、理解不能の暗号のように絢人には聞こえた。文字と意味とがうまくつながらない。かじや晶。『コスモ・ロジック』の原作者。彼に直接プレゼンを。いや、「彼」じゃない。「彼女」だ。

藤堂が一つ咳払《せきばら》いして、「麻生《あそう》くん。かけたまえ」と声をかけるまで、絢人は茫然《ぼうぜん》と突っ立っていた。

「まあ、お気になさらず。よく間違われるんですよ。少年漫画だもんで男っぽいペンネームにしてるし、顔写真出したことないから」

昼食にと外のカフェからとったサンドイッチを一人でぱくつきながら、かじや晶こと梶谷晶子は言った。

「それに、トーンの切れっぱしだのホワイトだのがくっついた格好でどこでも行くんで、もう女って意識が飛んじゃうの。でも今日はちょっとがんばっちゃった。タキオンさんにはいい男が揃ってますものね。それも各種」

純和風の志波さんでしょ、精悍《せいかん》な藤堂さんでしょと指を折り、江副を飛ばして絢人に微笑《ほほえ》みかけた。

「麻生絢人さんとおっしゃるのね。お名前ほど華《はな》やかではないけど、繊細《せんさい》さと気丈《きじょう》さがいい具合に混ざってるわ」

面と向かって男の品評をし、男たちの見守る中、出されたものを遠慮なく平らげるあたり、確かに女を意識しているようには見えない。だが、そういう型にはまらない晶子の言動が、絢人にはまぶしかった。

やがて腹がくちくなったのか、満足そうに喉を鳴らしてコーヒーをひと口すすり、彼女は本題に入った。

「男の子には、成長段階でいい男のモデルってものが必要でしょう？　うちは男親がいないから、息子たちには漫画のヒーローの中に男の理想像を見てほしいと思って描いてるんですよ。だから」

ちろりと視線を志波に流す。熟女の艶《つや》と第一線プロの気迫が漂《ただよ》った。

「頭カラッポのお色気キャラなんかに、うろちょろしてほしくないですねえ」

志波は赤くなったり青くなったり、忙しく顔色を変えた。膝の上で組んだ手の、長い指がもじもじと動いている。

「そういう設定ならお断りしたかもしれませんけど、このデザインなら、ぜひお願いしたいと思って」

晶子は、楽しそうに手元の少女の絵を眺めて言った。

「光太も亮介《りょうすけ》も、もうすっかり『ミサト』のファンなのよ」

「ミサト？」

藤堂と絢人は同時に声を上げた。

「そ。このキャラの名前」


かじや晶は、他の設定書や未完成のパイロット版を見て、満足して引き上げていった。ことにメカデザインには、「そうよ、こういうふうに描きたかったのよ！」と感嘆の声を上げ、能美《のうみ》に向かい、「ねえ君、あたしのアシをやらない？」とスカウトをかけて、絢人に「困ります」と制止されるという一幕もあった。

時ならぬ台風が通り過ぎた後、志波と絢人は社長室に呼ばれた。

二人がどっしりしたマホガニーの机の前に並んで立つと、藤堂は真面目《まじめ》くさった顔で、絢人に捨てたキャラの再生を命じ、志波にはスケジュールの再調整を命じた。

どこか頑《かたく》なな姿勢の見える志波に、藤堂はねぎらうように言った。

「君は、売れ線はよく摑んでると思う。ただ、原作のあるものは原作者の意向をよく確認することが重要だな」

判断の誤りではなくあくまで原作者のゴリ押しと強調することで、志波の体面を守ってやっていることが絢人にはわかった。志波にもわかったのだろう。こわばった肩の線が目に見えてやわらいだ。藤堂は続けた。

「それと、うちは保険はかけない方針だから。もし二組に競わせる必要があれば、堂々とコンペさせる。現場の士気を落とさないためだ。大手ほど潤沢《じゅんたく》に人材を揃えられるわけではないのでね。そっちのデザイナーさんにも、応分の謝礼を出しておいてくれ。あれはあれで使えるゲームがあるかもしれない」

これも、依頼した志波の立場を考えてのことだろう。

——だてに社長はやってないな。

内心舌を巻いていた絢人だったが、次の発言にはぎょっとした。

「ああそうだ。一つ言っておくが、麻生くんは私の愛人ってわけじゃないから」

絢人はかなり焦《あせ》った。パートナーだの伴侶《はんりょ》だの、歯の浮くようなことを言い出すのではないかと。だが藤堂は、にやっと笑ってこう続けた。

「私が彼の愛人なんだ」

志波の滑らかな額に汗の玉が浮かんだ。

「は。いやその——そうですか——では私は、先ほどの案件を」

志波が退散すると、社長室に二人きりになった。藤堂はゆったりしたひじ掛け椅子にかけたまま、片目をつぶって自分の膝をぽんぽんと叩いた。絢人は誘いに乗らなかった。

「公私混同は感心しないな」

やっぱり可愛《かわい》くない、と藤堂が呟いたが、もう心がかき乱されることはなかった。

机の端に半分だけ腰をのせて、藤堂を斜《なな》めに見下ろす。

「今度の作画は見せてなかったはずだけど。どうしてわかった?」

「おまえのデザインには、何ともいえない温《ぬく》もりがあるんだよ。ゲームで遊ぶ子供たちがおまえには見えてるんだな。俺はそこを買った。かじや晶もな」

藤堂は、机の上についた絢人の手に自分の大きな手をかぶせた。笑みを含んで言う。

「一番自分の値打ちをわかってないのは、ご本人ってわけだ」

手のひらから手の甲へ、じわりと温もりがしみてくる。あの夜のことが思い出された。美里《みさと》を思い、不安にさいなまれて涙にくれる自分を一晩中包み込んでいた手だった。固くしこったものが、春の日差しを浴びたように溶けていくのがわかった。

「ごめん。俺、克己《かつみ》にひどいことを」

藤堂は皆まで言わせず、

「俺も悪かった。一緒に暮らして長いから、ついわかってるもんだと思って言わずにすませちまうことがある。あのことだって、言いわけはしたが、ちゃんと謝ってないしな」

姿勢をあらためて頭を下げるような素振《そぶ》りを見せられ、絢人はうろたえた。机から腰を上げ、とにかく話をそらそうと、

「あっ、そうだ。克己、高取《たかとり》さんに援助したんだって？　そんなに親しいなんて聞いてなかったよ」

藤堂は肩をすくめた。

「どうせ独立されるなら、恩を着せとく方がいい。何かのときにアテにできるからな」

「へえ。人情だけじゃないんだね。けっこうシビアなんだ」

経営者としての藤堂の顔。それは在宅で仕事をしていたときには見えなかったものだ。さっきの志波への対応といい、絢人は二年も一緒に暮らしている男のことを、あらためて見直す思いだった。

だが、藤堂はふと目をそらした。

「高取といえば、あいつ、嫁さんとは出会い系サイトで知り合ったんだ」

また話が妙な方向に転がる。

「だけど結婚式では、二人のなれそめは『友人の紹介』ってことになってな。何を気取って、なんて陰で笑う奴《やつ》もいたが、俺は笑えなかった。本気になればなるほど、遊びから始まったってことは忘れたいだろうからな」

絢人は、藤堂が何を言おうとしているのかわかるような気がした。励《はげ》ますように、そっとうなずく。

「きっかけはどうでも、おまえと出会えたことを俺はありがたいと思ってる。だが――あんな出会い方は、なかったことにしたかった。せめておまえには隠し通したかったんだ」

藤堂の、時にふてぶてしくも見える剛直な顔は、どこかが痛むかのようにゆがんだ。

「おまえを傷つけたくないなんて自分に言いわけしていたが、知られて去られるのが怖かっただけだ。俺は臆病《おくびょう》で卑劣《ひれつ》な男だよ」

さっきまでは縦に動かしていた頭を、絢人は激しく横に振った。

「そんなこと言ったら俺だって、忘れてやろうなんて腹の中で恩に着せて、そのくせ全然忘れてなくて、陰険で意固地で――」

藤堂は苦笑して、椅子の背もたれにそり返り、両手を上げた。

「もうやめよう。これじゃ俺たち、最低のカップルみたいじゃないか」

絢人は、あいまいな笑みを浮かべてうつむいた。藤堂は立ち上がり、真剣な表情で身を乗り出した。

「なあ。おまえ、溜《た》まってるだろう」

絢人は頬を赤くして睨《にら》んだ。

「また、そういうセクハラ発言を」

「違う、違う。そっちじゃなくて。いろいろと溜め込みやすいタイプなんだよな、おまえは。志波のこともそうだが、どうして一人で抱《かか》え込《こ》むんだ。——いい子になるなよ。つらいときはつらいと言え。何のために俺がいる」

胸がとくんと高鳴ったが、あまりに真摯《しんし》な目がまぶしくて、絢人はついはぐらかした。

「——番犬？」

藤堂は笑いも怒りもしなかった。

「そうとも。おまえと美里を守るのが俺の生き甲斐だからな」

絢人は腕を引かれるままに、その筋肉質の胸に倒れ込んだ。


八月末に、再びあの児童公園で美里《みさと》を迎えることになった。今回は藤堂《とうどう》も、当然という顔でついてきた。ハンドルを握り締め、浮き浮きと、

「ああ、よくあの子を二ヵ月も見ないでいられたもんだ。見違えるほど大きくなってたりして

な」

「犬の子じゃあるまいし」

そう水を差しながら、絢人《けんと》も心臓だけが先に駆けていきそうだった。仕事がうまく進んだ高《こう》揚感《ようかん》と、今日からまた三人揃って暮らせるという安堵《あんど》とが入り混じり、発酵《はっこう》して、その酔《よ》いにあてられたような気分だ。

むろん、美里の親権の問題はこれからだが、先のことを心配するより、今は愛娘《まなむすめ》の顔を一刻も早く見たかった。

公園の駐車場に車を入れ、例のスナックスタンドの方に向かう。

パラソルの下、白いテーブルに小さな女の子が身を乗り出している。

「とうしゃああん！」

思わず駆け寄り、

「美里。よく焼けたなあ！」

抱き上げると、海と山の匂いがした。そして麦わらのような髪の匂い。耳の上で二つのおだんごにまとめてあり、貝殻《かいがら》の形の白い飾りが揺れている。手製らしいシンプルなサンドレスが、よく似合っていた。

――やっぱりセンスが違うな。

悔しいが、絢人にはまねのできないことだった。

「おい、そのくらいでいいだろう。俺にも抱かせろよ」

美里は絢人の腕から藤堂の腕に移り、首にかじりついた。

「パパしゃん、いい子でちたかー？」

「それはこっちのセリフだ」

憮然《ぶぜん》とした口ぶりだが、藤堂の表情はとろけそうに甘かった。

「美里はいい子だったわよ。ねっ？」

花苗《かなえ》の横で、早瀬《はやせ》も微笑《ほほえ》んでうなずいた。二ヵ月前のおっかなびっくりな様子は、もうなかった。

「私は仕事があったから、そう毎日はつきあえませんでしたけど、どこへ行ってもお行儀がよくて」

「そんなにあちこち行ったの？」

絢人は妙に引っかかるものを感じた。在宅勤務といっても、仕事が忙しいときは幼稚園の送り迎えがやっとだ。近場の遊園地さえ、最後に行ったのがいつか覚えていない。

美里は律義《りちぎ》に指を折った。

「うーんとねえ、うみとねえ、ぷーるとねえ、ほてるとねえ、ぴよこらんどとねえ……」

「過剰《かじょう》接待だな」

藤堂は、絢人のもやもやを読み取ったように断じた。

花苗は藤堂に苦手意識を持っているらしく、あえて聞かないふりで、いきなり核心をついてきた。

「毎日楽しかったよね。美里はどっちのおうちが好き？」

美里は無邪気に首をかしげた。

「どっちもすき。おかあしゃんのとこにはルナちゃんがいるしー、うちにはパパしゃんがいるしー」

「ルナちゃん？」

絢人が訊き返すと、

「うさぎしゃんなの。このくらいの」

胸に抱き締める格好をする。ああ、ぬいぐるみか、と思ったが。

「おはなとおみみがピンクで、おめめはぶどうみたいにまんまるなの。ルナちゃん、てよんだらね、おはなをぴくぴくってするの」

「ナマモノか」

藤堂が不機嫌に言った。

「生きもの、です」

花苗が訂正した。

「待てよ。それじゃ何か、俺はペットのウサギと同列か」

藤堂は、目の前をかすめて飛んだトンボにつられ、芝生広場の方に駆けていく美里の後ろ姿に向かってぼやいた。

絢人はさすがに苦言を呈《てい》した。

「まだ自分で世話もできないのに、ペットまで買ってやるなんて、いくら何でも甘やかし過ぎだ」

花苗も負けてはいない。

「育て方以前の問題でしょ。男二人の同棲《どうせい》なんて、世間は普通の家庭とは見ないわよ。美里がかわいそうだと思わないの。ことあるごとに、後ろ指さされるにきまってる」

絢人は、はっと胸を衝《つ》かれた。美里の小さなかたよりがあんなに気になったのは、自分の中にそういうこだわりがあったからか。普通でない家庭で育てているから、後ろ指一つ指されたくない、と。そんな気持ちで育てられたら、その方が不幸ではないのか――。

絢人が沈黙していると、花苗は勝ち誇ったように言いつのった。

「厳《きび》しくても甘くても、一貫《いっかん》してればいいのよ。混乱させるのが一番いけないわ。だからどちらが育てるかはっきりしたら、なるべくもう干渉《かんしょう》しない方が――」

そのとき美里は芝生の上でバッタを追い回していたが、突然「あー、わんわんだあ」と声を上げた。何という種類なのか、愛くるしい小型犬を何匹も連れたマダムが、花壇《かだん》の向こうを通ったのだ。美里はウサギも好きだが、犬も好きだ。

「わんわん、待ってー」

かん高い声で叫ぶなり、駆け出していた。何歩もいかないうちに、美里はつんのめるように転んだ。芝生の中に小石でもあったか。ふんわりと広がったスカートが、足にまつわりついたのかもしれない。

一拍おいて、「ふぎゃああ！」と激しい泣き声が上がった。大人たちはぎょっとして振り向いた。美里は自力で起き上がり、こちらに向き直ったが、鼻の下から顎《あご》にかけて赤いものが散っていた。

「美里っ！」

高い悲鳴は花苗だった。花苗は手を差し延べて駆け寄った。だが美里はその手に目もくれず、泣きながら絢人をめがけ突進した。

「うわーん、とうしゃあん！」

絢人は美里をすくい上げ、全身をしっかりと包むように抱いた。そして、顎をそっと持ち上げ、横からのぞき込む藤堂に「鼻血かな？」と問いかけた。藤堂は一瞥《いちべつ》して「いや、口の方だ」と言いながら、美里の口をこじ開けた。

「あ、そんな乱暴な」

早瀬がたしなめるように手を上げたが、藤堂は泣きじゃくりの合間《あいま》を縫《ぬ》って、すばやく指を歯列に割り込ませた。小さな歯にしたたか嚙まれたらしく、顔をしかめながらも、

「歯は何ともないぞ。口の中を切ったんだろう。花壇の縁石《えんせき》に当たったんじゃないか」

早瀬はさっと携帯を取り出し、素早く指を動かした。花苗は藤堂の後ろから美里をのぞき込み、また、どこかのサイトを検索《けんさく》している早瀬を気にして、おろおろと両者の間をさまよっていた。

やがて早瀬が顔を上げた。

「公園の反対の出口近くに口腔外科《こうくうげか》があります。午後休診ということですが、急患なら診《み》てくれるでしょう」

「反対側なら、車で回った方が早い」

藤堂は駐車場に走って行った。

病院に着くころには、美里の泣き声もとぎれとぎれになって、かなり落ち着いてきた。それでも、絢人の胸にしがみついて離れようとはしなかった。

早瀬が受付と交渉して、階上の住居から医者を呼び出してもらっている間、絢人は美里を膝に抱いて待合室の長椅子にかけていた。花苗がその横に座り、さまざまに言葉をかけても、美里は頑《かたく》なに顔をうつむけている。

だが、

「どこが痛い？　ん？」

藤堂がかがみ込んで声をかけると、

「ここお……」

半ベソで前歯のあたりを指さした。

「歯の根っこをどうにかしてなきゃいいが」

藤堂は心配そうに眉をひそめた。

「でもまあ、乳歯だから」

絢人もようやく人心地がついて、とりなすように言った。

そのとき、医者が白衣を着ながら二階から降りてきて、診察室に入った。若い看護師が「麻《あ》生《そう》美里ちゃん?」と呼ぶと、四人の大人がいっせいに立ち上がった。

診察室にはやはり絢人が連れて入った。医者は「はい、痛くない痛くない」と言わずもがなのことを言って、美里の口の中をペンライトで照らした。首をかしげて、今度は唇をめくり上げる。

「おやおや。上唇小帯《じょうしんしょうたい》、切れちゃって。だけどこれは、もともと長かったんだね」

「え。切れてるんですか」

絢人は思わず、膝の上の娘の顔を横からのぞき込んだ。

「また、うまいぐあいに切れたねえ。狙ってもなかなかこうはいかんわ」

医者はピンセットの先に消毒綿を挟み、赤茶色の薬液をちょんちょんと塗《ぬ》った。しみたのか、美里は再び、うえええ……と泣き出したが、さきほどの勢いはなかった。

新しい綿球を唇と歯茎《はぐき》の間に詰めると、「今日はなるべく軟らかいもの食べさせて。歯みがきもパスね。明日からは普通でいいですよ」

大したケガでもないのにと言わんばかりの医者に、絢人は何度も頭を下げて診察室を出た。すぐにほかの三人に取り囲まれた。絢人は口早に説明したが、「上唇小帯」が通じたのは藤堂だけだった。早瀬は医者でも、畑が違いすぎたのだ。

「そうか、自然に切れたか。よかったな」

藤堂は美里の頭をくしゃくしゃと撫で、そのまま背中にすくい上げた。

病院を出た時には、美里は藤堂の背中でうとうとしていた。泣き疲れたのだろう。

「こんな状態ですから、話はまた今度ということにして」

絢人が言いかけると、早瀬が引き取って、

「いえ。いくら話し合っても並行線でしょうし。美里ちゃんはやはりこれまでどおり、そちらで育てていただく方が」

花苗は慌ててさえぎった。

「あなた、何を言うの！」

早瀬は沈んだ声で続けた。

「さっきのことでよくわかりました。楽しいことなら子供は誰にでもついてきます。でも痛かったり怖かったりしたときに頼るのは、やはり一番信じられる人なんです。私たちは、そこまでの信頼を得られなかった」

花苗は恨めしげに言った。

「自分の子じゃないから、そんな悟りすましたことが言えるんだわ」

早瀬が口を開く前に、絢人は思わず割り込んでいた。

「自分の子じゃないからこそ見えることもあるだろう？　克己《かつみ》がいなかったら俺だって、美里がどうかするたび、変に落ち込んだり一人でぐるぐるしてたかもしれない」

同意を求めて振り向くと、藤堂は、あらぬ方向に目をそらした。頬がわずかに赤らんでいた。

花苗はもどかしそうに首を振った。

「あたしが言ってるのは、生みの親なら子供に会えなくなるなんて耐えられないと」

絢人はさえぎった。

「会えるさ。いつでも会いに来てほしい」

え、と目を瞠《みは》った花苗にうなずいて、絢人はせつせつと続けた。

「美里は何といっても女の子だ。女親の感性も必要なんじゃないか。これから先ますます、男だけじゃ無理なことも起きてくるだろうし。干渉してほしくないなんて、俺は思わない。君は『混乱させる』と言ったけど、俺たちがお互いに愛し合ってて、そしてみんながそれぞれに美里を愛してるってわかれば、混乱したりしないと思う」

花苗は黙って聞いていたが、青白い頬にしだいに血の色がのぼってきた。そして恥じ入るように顔を伏せた。自分で言い出したことが自分を縛《しば》っていたと気づいたのだろう。その肩は、泣くのをこらえるように震えた。

そのとき早瀬がおずおずと言った。

「男親が二人もいるところにもう一人加わったら、さすがに混乱しませんかね？　私のことは何と呼ばせたものでしょう？」

男三人の笑いに一拍遅れて、花苗も笑った。


すっかり眠り込んだ美里《みさと》を、藤堂《とうどう》が子供部屋のベッドに運んだ。絢人はタオルケットを掛けてやり、冷房をゆるく入れた。そっとドアを閉め、二人は廊下でひそひそと話した。

「あのまま朝まで寝やしないだろうな」

「食いしん坊だから、途中で目を覚ますよ。軟らかいものってことなら、ドリアでも温めてやろう」

藤堂は指を上げ、絢人《けんと》の胸をつついた。

「勲章《くんしょう》だな」

薄青いポロシャツの胸元に紅くにじんでいるのは、美里の血とヨダレと涙の混じったものだった。

「うわ。また派手にやられたなあ」

絢人はシャツを脱ぎ、廊下の隅のランドリーボックスに放り込んだ。その裸の上半身を藤堂が背後から抱き締めた。

「俺にも勲章をくれないか」

「勲章？」

首をひねって見上げると、おねだりにしては高圧的に言う。

「俺の方がいつもしるしをつけてるだろう。おまえからもしてほしいんだ。俺がおまえのものだって、ちゃんとマーキングしろよ」

絢人は途方に暮れて呟いた。

「そんなふうに考えたことなかった。克己《かつみ》が俺のものだなんて……」

自分の方が固定観念に囚《とら》われていたのか、とふと思った。男と女の図式にはまるまいとして、かえってある種の枠組《わくぐ》みに囚われてしまったのかもしれない。ありもしない鳥かごの中で、羽毛を散らして暴れていたような気がする。

――『青い鳥』と同じだ。檻《おり》は自分の心の中にあったんだ。

絢人は腰を拘束《こうそく》する藤堂の手に自分の手を重ね、微笑《ほほえ》んだ。

「いいよ。いっぱい勲章をあげる」

ベッドルームには、まだ昼間の光と熱がこもっていた。カーテンを閉め冷房を強くして、ひんやりとした薄闇をつくる。

絢人は横たわる藤堂にかぶさって、唇をその筋ばった首すじに、厚みのある胸に押しつけた。ぎこちない愛撫《あいぶ》に、藤堂はくすぐったそうに首をすくめた。

「それじゃ跡がつかないだろう。優し過ぎてこそばゆいぞ」

女を相手にしているわけではない。この頑丈《がんじょう》な男には、少々手荒いくらいでちょうどいいのか。絢人は張りつめた鎖骨《さこつ》の皮膚に軽く歯を当て、自分のものより色濃い突起を強くひねった。藤堂は、くっと息を詰めた。

「けっこう、効くもんだな」

細めた目がぞくりとするほど扇情的で。絢人は衝動にかられ、伸び上がって自分から激しく唇をむさぼった。驚きにびくりと跳ね上がった藤堂の腕が、合歓《ねむ》の葉が閉じるようにゆっくりと絢人を包み込む。唇を離し、耳を下にして藤堂の喉もとに頭を預けると、力強い拍動が感じられる。ひたひたと満ちてくる、いとしさ。

——守られることに甘んじるのは男らしくないとか、対等でないとか。何を肩ひじ張ってたんだろう、俺は。商取引でもあるまいし、与えるものと受け取るものが等価でなくてはならないとでも考えていたのか。ばかばかしい。相手を思う心に、等級はつけられやしないのに。思う心さえあれば。だが、その心を時に見失ってしまう。藤堂はそういうことはないのだろうか。「何のために俺がいる」。あれは質問ではなかった。迷いのない宣言だ。

では自分は、何のために彼のそばにいるのだろう。そう考えたとき、二年前のあの日、「子供のために女房とやり直せ」と言い捨てて、橋の上を足早に遠ざかっていった藤堂の後ろ姿が目に浮かんだ。自信たっぷりで辣腕《らつわん》で喧嘩《けんか》も強くて。そんな男の後ろ姿が泣いているように見えた。抱き締めて、どこへも行かないよと言ってやりたかった。それは、藤堂のような経済力も腕力もない自分が、彼にしてやれるただ一つのこと――。

絢人は顔を上げた。そして、初めての恋にとまどう少年のように問いかけた。

「克己を一人にしたくない。美里と三人で家族になりたい。そう思って、一緒に暮らし始めたんだ。――なのに、世間体だの意地だの、どうしてそんなくだらないことに気持ちをすり減らしてしまうんだろうな」

「まあ、使ってるうちには何でも目減りするもんじゃないか」

あっさり受け流したものの、絢人の表情が晴れないのに気づいたのか、藤堂は思案顔になった。やがて何か思いついたらしく、いたずらっぽく目を輝かせた。

「いいこと教えてやろう。キモチが弾切《たまぎ》れしたときはな、こうやって」

指を銃の形にしてあさっての方に向け、ドギュンドギュン！　と銃声を口まねした。

「画面の外を撃つ。これにてリロード完了」

そう言うなり、くるりと体勢を入れ替えて絢人にかぶさった。

「さあ、弾は充塡《じゅうてん》したぞ。ガソリンも満タンにしなくちゃな。おまえの給油口はどこだ？」

「またそういうヤラシイことを」

口を尖《とが》らせながら、心の中で囁いた。

――わかってるけどね。克己のセクハラは、ほんとは照れ隠しだってこと。

大人かと思えば子供で。ずうずうしいかと思えば照れ性で。強気なくせに甘ったれで寂しがり屋、そのうえやきもち焼きでお節介。何もかもひっくるめて好きだ。克己が、意地っぱりで素直でない自分を、美里もひっくるめて好きなのと同じように。

いつか美里が巣立ち、二人きりになっても、そばにいよう。ともに老いていこう。「好きだから一緒にいる」。何度でもこの気持ちをリロードして。

エンディング。

春の彼岸《ひがん》も過ぎたある日、藤堂克己《とうどうかつみ》は、久しぶりに三人揃《そろ》った夕食の席で宣言した。

「パパも行くぞ。美里《みさと》の晴れ姿を見なくてどうする」

小学校の入学式の話である。

幼稚園の卒園式には、絢人《けんと》一人が出席した。つい十日ばかり前のことだ。そのころ克己は超多忙だったし、花苗《かなえ》と早瀬《はやせ》は身内の不幸で遠方に行っていた。だから揉《も》めずにすんだのだが、それだけに次なるイベントの指定席をめぐって、争いはいっそう熾烈《しれつ》なものとなった。

花苗は、現在の夫の早瀬と出席したいと言う。昨今、日本の社会も夫婦が単位なのだから、もっともなことだ。

だが、美里を育てているのは、血の繋《つな》がった父親である絢人だ。新入学の日を指折り数えて、こまごまと準備を進めてきた。卒園式に出たからもういいと引っ込むつもりはない。

そして、ゲームソフトメーカー社長として多忙を極める克己は、このところ家族の行事に心ならずも参加できないことが続いていた。おむつのとれないころから手塩にかけてきた美里の晴れの日を、絢人とともに祝いたいという思いはひときわ強い。

美里が皿の端に押しのけたピーマンをさりげなく自分の皿に移しながら、克己はおもねるように訊《き》いた。

「なっ、美里。パパにも来てほしいだろう？」

美里ははずんだ声で即答した。

「うん。パパがいい。あのきれいな茶色のお洋服を着て来てね」

「にも」ではなく「がいい」というあたりに、絢人はかちんときたようだ。せっかく克己が疎開させてやったピーマンを美里の皿に戻し、眉《まゆ》をしかめて、

「親じゃない身近な大人って、なぜか子供に好かれるんだよな」

美里は上目遣《うわめづか》いに絢人の顔を見やって、仕方なさそうにピーマンを口に入れた。ろくに嚙まずに水で流し込む。うえっという表情を浮かべて椅子からすべり下りた。

「ごっちゃまでした！」

そして急いでリビングの方に行った。すぐに、アニメ番組の賑《にぎ》やかなテーマソングが聞こえてきた。食事中は、テレビを見てはいけないきまりになっているのだ。絢人は几帳面《きちょうめん》なところがあって、それは仕事だけでなく育児の面でも遺憾《いかん》なく発揮《はっき》されていた。克己は対照的におおざっぱなので、美里はそこを逃げ場にしているふしがある。

絢人は食後のお茶をひと口含み、溜め息をついた。

「それに美里は面食いなんだよね。三人の父親を並べたら、誰が一番見映えがいいのか、ちゃんとわかってるんだから」

克己は思わずにまっと口もとを緩《ゆる》めたが、絢人は、自分が間接的にのろけているとは気がついていないらしい。しかめっ面《つら》のままでぶつくさとこぼす。

「あっちのファータも受けがいいし。美里にすごく甘いんだよ、早瀬さんは。それに、克己も

花苗もせっせと美里のご機嫌をとるから、俺ばっかり悪者になってさ」

ファータというのは早瀬のことだ。花苗の再婚、絢人と克己の同棲《どうせい》という家庭の事情で、美里には父親と言える男が三人いる。克己がパパ、絢人がお父さん、さて花苗の夫を何と呼ばせるかで困ったが、早瀬はお医者だからということで、いつのまにかドイツ語の呼称が定着したのだ。

克己は立ち上がり、皿を重ねて片づけながら、朗らかな声で保証した。

「美里は賢いコだから、内と外の区別はついてるよ。おまえが厳《きび》しくしたからって、嫌いになったりするものか。なんだかんだ言って、おまえを一番頼りにしてるだろうが」

そして、ダイニングとリビングの境にある棚《たな》を顎《あご》で示した。そこには、ランドセルや靴袋といった新入学の品が積み上げられている。それらの学用品すべてに、「あそうみさと」と記名したのは絢人だった。どんな小さなものにも丁寧に書き込まれた文字に、克己は絢人の親としての思いを感じ取ったものだ。

「ま、俺の字じゃ美里は嫌だろうけどな」

磊落《らいらく》に笑う。あいかわらず字が下手《へた》な克己だった。

早瀬と花苗が藤堂邸を訪れてきて、大人四人でさまざまに話し合った結果、入学式には花苗と絢人の元夫婦で出席することになった。それが一番自然だろう、と最初に譲《ゆず》ったのは早瀬だ。

「新しい世界に飛び込むときは、誰しも不安なものです。一緒に暮らしてる人が来なければ、美里ちゃんは心細いでしょう」

そう言われると、克己も譲らざるを得なかった。

「男二人で出席して、最初から物議をかもしても、美里がかわいそうだものな」

ものわかりよく留守番を引き受けたものの、内心は面白《おもしろ》くなかった。

早瀬夫妻を送り出した後、克己はどかっと居間のソファに腰を下ろして嘆息した。

自分が行けない、ということが無念なだけではない。花苗と絢人が肩を並べて式に臨《のぞ》んでいる姿は、いかにも似合いの夫婦に見えるだろうと思うと、胸が波立つのだ。つまりはこれもジェラシーだ。

絢人と一緒になって五年たつ。普通の夫婦ならすっかり落ち着いて、どうかすると倦怠期《けんたいき》に入っているころだ。なのに克己は、いまだに絢人のことで不安にかられる。花苗とは、今はもう美里の父と母というだけで、男と女としてはさっぱりと縁が切れている。そうとわかっていても、二人が会うことに平静ではいられない。

そんなことでやきもきするのは、自分でも理不尽だと思う。なにしろ、一度は自分が身を引いて、花苗とよりを戻させようと考えたこともあるくらいなのだ。そのときは「子供のために」と説《と》いたが、絢人にとってもその方が幸せだと思ったからだった。

絢人を愛人にしたのには、同情めいた気持ちもあったのはたしかだ。赤ん坊を抱《かか》えて必死に職を求めていると知ったとき、自分の死んだ母親の姿が重なって、何とかしてやれないものかと思った。見たところ、あまり男くさくなく清潔な感じだったので、BLゲーム開発のためのシミュレーションに使ってみる気になったのだ。

初めは、抵抗なく抱ければいいという考えだったのが、つきあううちに情は深くなっていった。一人の女に深入りしたことがない克己にとって、絢人に対する想いはほとんど初恋と言ってよかった。抱き心地と感度のいいからだはむろんのこと、何もかもが好きになった。弱腰にみえて意地っ張りなところや、克己のからかいにいちいち素直に反応するところや、愛人業にもキャラクターデザインの仕事にも育児にも、真っ正直に取り組むところや。

そうなると、ノンケの絢人を金で縛《しば》っていることに耐えられなくなった。羽を切られて逃げられない鳥ではなく、自分の意志で肩にとまる鳥であってほしかったのだ。

その望みは予想外に早く叶《かな》いそうだったのに、思わぬ伏兵に足元をすくわれてしまった。彼がキャラクターデザイナーとしての才能を認められ、暮らしが立つようになったところへ、家出していた妻・花苗が話し合いにやってきたのだ。

克己がバスルームからそっと忍び出てみると、二人は穏やかに話し合っていた。絢人の女房というのは、少し神経質なように見えるが楚々《そそ》としていて、絢人には似合いだと思った。頭の中で、二人の間に美里を置いてみた。やはり自分との組み合わせよりずっと自然だ。それを認めるのは辛《つら》かった。だが克己は、腹の奥で爆発しそうに疼《うず》くものを抑えつけ、二人の前に出て行ったのだった。

別れを覚悟していたのに絢人が自分を選んでくれたときは、叫びだしたいほど嬉しかった。そして三人で暮らすようになってみると、もう独《ひと》りだったころには戻れないと思うようになった。絢人と美里のいない暮らしなど、考えられない。いや、考えただけで、息が苦しくなる。これでは、絢人を自分から奪うおそれのあるものは、極力遠ざけておきたくなるのも仕方がないではないか。

いつだったか、そういう過敏な嫉妬心《しっとしん》を絢人にからかわれたことがある。

『俺は、克己のほかには花苗一人しか知らないんだよ。克己は、女は数こなしてるんだろう。どう考えても、妬《や》くのは俺の方じゃないか』

克己はやっきになって抗弁した。

『俺はおまえと違って、結婚まではしていないぞ。あれは全部、その、なんだ、遊びだからな』

そして、大真面目《おおまじめ》に付け加えた。

『それに、男はおまえ一人だ』

『――お互いさまだろ』

絢人は呆れた調子で切り返してきたが、まんざらでもないような微笑が唇に浮かんでいた。

克己にしても、結婚指輪を投げ捨てて、自分の胸に飛び込んできてくれた絢人の真情を疑うつもりはない。だが、男と関係したのはお互いに相手だけという事実は、二人がもともとゲイではなく、女性とも可能なのだということを意味している。それが、時に重くのしかかるのだ。

ふと、早瀬の立場を考えてみた。彼は、妻が元夫と同行するのが気にならないのだろうか。徹底的《てっていてき》に憎《にく》みあって別れた夫婦ではないということは、早瀬だってわかっているはずだ。平気で妻を送り出すということは、焼けぼっくいに火がつくなどという下世話な心配をしない男なのか。

そんな早瀬と比べてみると、自分がやけに狭量《きょうりょう》な人間に思えてくる。じっさい、自分がこんなに嫉妬深いとは、絢人に会うまでは知らなかったのだが。あの指輪の一件などは、今思い出しても冷や汗が出る――。

さぞうっとうしい顔をしていたのだろう。絢人が心配そうに声をかけてきた。

「ごめん。克己は卒園式にも来たがってたのに……」

入学式のことで不機嫌なのだと思い込んでいるらしい。わざわざ訂正することもないだろう、と思った。自分の嫉妬心がいかに絢人を傷つけたかわかっているだけに、なるべくならあのことは思い出したくないし、思い出してほしくはないのだ。

克己は大きく背伸びして天井《てんじょう》を仰《あお》いだ。

「ああ、俺がもっと年寄りだったらなあ。六十歳とか七十歳とか」

絢人は目を丸くした。

「な、なんで!?」

克己は、ひょいと肩をすくめた。

「それなら、美里の祖父ですと言って、一緒に出席してもおかしくないだろう」

絢人はまじまじと見返してきたが、やがてその肩がひきつるように震えだした。

「くっ、くくくっ」

体を二つ折りにして、息もたえだえに笑う。

「そ、祖父。祖父だって。克己ときたら、もう……！」

その姿を見ていて、克己はふと首をかしげた。

——何だろう。デジャブがあるぞ。昔、こういうことがなかったか。

ひきつった笑いがやがてすすり泣きになり、克己の腕の中で背中が波うった、あれはいつのことだったか。

そうだ、美里がまだ三つ四つのころ、親権問題で揉《も》めて、しばらく向こうに預けたことがあった。そのことで絢人が落ち込んでいるとき、克己は今と似たようなことを言ったのだ。「俺が女だったら、普通のカップルとしておまえも強気に出られたのに」と。あのときも、絢人はベッドに倒れ込んで笑ったっけ。

——そんなにおかしいかな。絢人を変えるより自分を変える方が簡単だという気がしたんだが。まあ、じいさんはともかくとして、俺が女のかっこうをしたところを想像すると、たしかにぞっとしないな。

うっかり本当に想像してしまい、克己はうっぷと口を押さえた。

じつのところ、克己《かつみ》が入学式に出席するとしたら、かなり無理があったのだ。よりによってその前日に、パーティが予定されていたからだ。ただの宴会ではない。一流ホテルのバンケットルームで催《もよお》されるそれは、政治家や財界人も列席する一大イベントだった。

タキオン社は例の「コスモ・ロジック」を原作としたゲームで大ブレイクした。相乗効果で他のゲームも順調に収益を上げるようになり、念願の一部上場を果たしていた。

さらにアメリカにも進出、向こうの企業と業務提携《ていけい》することで、業績は飛躍的に伸びた。そこへ、各地でアミューズメント施設を経営する国内の企業との合併話《がっぺいばなし》が持ち上がったのだ。儲《もう》けてはいるが守備範囲の狭《せま》いタキオンと、純益は低いが多方面に全国展開している相手方との合併は、ある意味、政略結婚に似ている。事前に漏《も》れると、思わぬ横槍《よこやり》が入ったりして話が壊れかねないというところも、政略結婚に似ていないこともない。従って、会社の合併は極秘のうちに進められた。物理的に多忙なだけでなく、精神的にもきつかったのは、絢人《けんと》に何も打ち明けられなかったからかもしれない。

数ヵ月に及ぶ水面下の折衝《せっしょう》を経《へ》て、吸収合併に近い形に持ち込むことができたのは、上出来といってよかった。「株式会社タキオン」は、正式に「タキオン・ベータ・コーポレーション」と名前を変えて、この四月からは押しも押されもせぬ大企業となったのだ。

その披露《ひろう》パーティとあって、タキオン社では、役づきはむろんのこと、若手の社員たちも接待に駆り出されることになっていた。

フリーのデザイナーである絢人はタキオンの社員というわけではないが、「俺も手伝いに行こうか？」と言ってくれた。

「おまえは明日があるじゃないか。美里《みさと》の大事な日に体調を崩しでもしたらどうする」

そう気遣《きづか》って出かける克己を、美里は絢人の隣でうっとりと見送った。

「パパ。その黒いお洋服もすてき」

人前で字を書けと言われれば逃げ出したくなる克己だが、人前でしゃべるのはいっこう苦にならない。ホールを埋める人波に向かい、克己は朗々とした声で合併の報告を行った。シャンパンのグラスを差し上げて乾杯の音頭《おんど》をとったのは、業界の大手「サガ」の会長だ。

ほかにも来賓《らいひん》として、各界の名士がずらりと居並んでいる。克己はあちらこちらで人の輪に入り、彼らと如才《じょさい》なく言葉を交わした。

取引銀行の副頭取につかまったのは、宴《えん》もたけなわとなったころだった。コンパニオンから受け取った水割りを手に、恰幅《かっぷく》のいい銀行家は機嫌よく話しかけてきた。

「御社《おんしゃ》も短い間に急成長したものですなあ。タキオンを立ち上げてから、どれほどになりますかな」

「そう……七年、ですね」

絢人と出会って五年、その二年前に会社を起こしたんだったと、ごく自然に計算していた。自分の人生は、絢人を基準として流れているような気がする。西暦ではなくて「絢人暦」だ。そのうち「美里暦」もできるだろう。

——あの子が中学生になったり、高校大学と進むたびに、「俺も年をとった」と思うんだろうなあ。

それが親の喜びであり、寂しさでもあるのかもしれない。

だが副頭取は、そんな感傷に水を浴びせるような質問を投げてきた。

「ぶしつけなことを伺《うかが》いますが、まだご結婚はなさらんのですか」

とっさに答えに詰まった。主《おも》だった社員の中には事情を知っている者もいるが、表むき、克己は独身ということになっている。自分としては家庭があるつもりだが、世間的に見て、男二人と片方の連れ子という関係を結婚とは言いがたいだろう。

克己の沈黙を独身主義者の困惑とでも解釈《かいしゃく》したのか、副頭取はしたり顔で、

「不惑に手が届こうかという男性が、いつまでも独り身《ひとみ》というのはどんなものですかね。ましてや、これだけの企業の経営者に妻がいないのでは、社会的信用というものがねえ」

この場に絢人がいなくて幸いだと思った。こんなことが耳に入ったら、妙に気を回して一人でぐるぐる悩みかねない。

生返事をしていると、相手はくどくどと繰り返し、しまいにはこう持ちかけてきた。

「いかがです。私の身内にいい娘がいるんですが、一度会うだけでも会ってみては。なかなかの美人だし、お茶もお花もひととおりこなすし、英文科卒で英語はペラペラ。社長夫人として申し分ないと思うんですがね」

そこまで踏み込まれては、克己もただはぐらかしてばかりはいられなくなった。

「お心遣い痛みいります。しかし、籍《せき》こそ入れていませんが、私にはれっきとしたパートナーがおりますのでね」

その反撃に、相手は怯《ひる》まなかった。

「籍を入れてない？　それは流行《はや》りの事実婚とか？　このごろは夫婦別姓だの何だの言って籍を入れたがらない女もいるそうですな。ここは一つ、内助の功というか、男を立てるきちんとした妻を……」

余計なお世話というものだ。克己が絢人に求めるのは、内助の功だのパーティの花だのではない。男を立ててもらいたいとも思っていない。

むかっ腹をたてかけたところへ、

――まあ、たしかに俺は絢人で勃《た》つわけだが。

品の悪い戯れ言《ざれごと》が浮かんできて、絢人が「このセクハラオヤジ！」と突っ込むのを想像すると、すっと頭が冷えた。

余裕の笑顔で相手をさえぎり、

「それが、もう子供もいる仲でして」

最終兵器を持ち出してやった。相手の口がぽかんと開く。

「写真を見ますか？　こっちもなかなかの美人になりそうで、将来有望なんですよ」

携帯《けいたい》に入れている、美里の七五三の画像を出して見せる。白地に紅葉《もみじ》と流水という古典柄の着物に髪を結い上げておすましをしている美里は、親バカかもしれないがたいそう愛らしい。

この思いがけない切り札に、銀行家はぐうの音も出なくなって退散した。

克己はコンパニオンを呼び止めて、辛口《からくち》のカクテルを手に取った。くいと呷《あお》る。喉に熱くて苦い酒だった。

独身でいる限り、これからもこういうことはあるだろう。世の中に、お節介な連中は掃《は》いて捨てるほどいるのだ。さっきは絢人がいなくてよかったと思ったが、今は、自分の隣にいてほしいと思う。美里の写真を見せるより、絢人自身を「これが私のつれあいです」と紹介したかった。それはそんなに無理なことだろうか。

美味《うま》くもない酒を重ねたくなったが、主催者側が酔《よ》うわけにはいかない。克己は空《から》のカクテルグラスを捧《ささ》げたまま、まだ挨拶《あいさつ》していない客を探した。

祝宴は午後九時を回ったあたりでお開きとなった。克己の感覚ではまだ宵《よい》のうちだ。それにしては、ずいぶん遅いような気がする。全身がひどくだるい。運転手つきの会社の車で助かったと、シートにもたれて目を閉じた。

自分では、具合が悪いのだとはわからなかった。克己は、病気らしい病気をしたことがなかったのだ。全身が熱っぽいのは、さすがに興奮しているからだろうし、あたりがゆらゆらと揺れるのも、酒の酔いと車酔いが重なったのだとばかり思っていた。

玄関を入るまでは、まだいくらかしゃんとしていたという気がする。しかし、靴を脱いだかどうかは記憶にない。どうやって階段を上ったのかも。

「ちょっと、克己⁉ 大丈夫？」

うろたえた絢人の声が追ってくる。それに応える気力もなかった。とにかく横になりたかった。そしてベッドに倒れ込むと同時に、頭も上げられなくなった。

絢人は、克己を病院に連れていこうとして奮闘《ふんとう》したらしい。何度か抱《かか》え起《お》こされかけたのは記憶にある。だが、男にしては華奢《きゃしゃ》な体格の絢人が、たくましい克己をかつぎ上げるのは無理というものだ。反対ならともかく。

やがて絢人はあきらめたらしく、枕《まくら》の位置や掛け布団を直して、寝室を出て行った。

それからどのくらいたったか、シャツの胸が開かれ、冷たい聴診器と消毒用アルコールの匂いを感じた。どうやら絢人は、往診してくれる医者を探してきたらしかった。

「ひどい風邪のようですな。お話を伺う限りでは、過労でしょう。肺炎まではいってないから、とにかく温かくして湿度を上げて、よく休ませることです。ま、人一倍頑丈《がんじょう》そうだから、心配はないですよ」

——人をダンプカーか何かみたいに言いやがって。

腹の中で毒づく。もう口を開くのも大儀《たいぎ》だった。チクリと腕に針が刺さるのを感じてまもなく、克己は前後不覚になった。

ふっと意識が戻ってきたときは、時計を見たわけではないが、深夜の気配があった。頭の後ろが燃えるように熱い。荒い息をついて首をごろごろ動かす。と、ひんやりした手が額に触れた。

「……かあさん」

思わず、そう呼んでいた。一瞬手が止まり、咽《むせ》ぶような吐息《といき》が聞こえた。それから手は頭の下に入り、ぐっと持ち上げるようにして、ちゃぷちゃぷ音を立てるものを差し込んできた。新しいタオルの感触に慣れたころ、じわりと冷たさが沁みてきた。気持ちがいい。克己は安堵《あんど》の溜め息をついて、頭を弾力のある冷気に委《ゆだ》ねた。

次に目が醒《さ》めたとき、もう日は高かった。カーテン越しに春の日差しが揺れている。窓の方に顔を向けようとして頭を動かすと、耳の下でごぼりとくぐもった水音がした。それで、水枕を当てられているのだと気がついた。美里が風邪やはしかで熱を出すたびに活躍した、昔ながらの赤いゴム製のものだ。そう思い出したとき、頭がはっきりしてきた。

克己はベッドサイドの方に頭を回した。そしてそこに、いるはずのない人を見た。

「――おまえ、なんで、いるんだ」

絢人は、うっすらと目の下をくすませて、ぶっきらぼうに答えた。

「なにうわごと言ってんだか。俺の家はここだろ」

克己はもどかしく体を起こしながら、嗄《か》れた声を絞《しぼ》り出《だ》す。

「み、美里の入学式は、どうしたんだ」

絢人はスツールから腰を上げて、克己の体を押し戻した。力が入らず、たわいなくベッドに沈《しず》む。それでも克己は抵抗した。絢人の手を払いのけるようにして、

「いいから早く行け、もう入学式は、始まって」

「心配しなくても、花苗《かなえ》と早瀬《はやせ》さんが行ってるよ」

絢人はあっさり返して、克己の額に手を置いた。今はそれほど冷たく感じられないが、真夜中のあの手に違いなかった。

「よかった。少しは下がってるね。どうせまた上がるだろうけど、注射で熱が下がったってことは、それほどたちの悪いもんじゃない」

何度も幼児の発熱を看《み》とった経験からか、絢人は自信たっぷりに言う。

「起きられそうなら、パジャマに着替えようか。それと、おかゆでも。腹に何か入れないと、もらった薬が飲めないから」

ほっとしたように立ち上がりかける絢人の手を、克己は慌てて捉えた。引かれてすとんと腰を落とし、怪訝《けげん》な顔で見返してくる。克己は情けない思いで詫《わ》びた。

「すまん。せっかくの入学式を台無しにした」

なに言ってんの、と軽くあしらうのに、

「置いていってくれればよかったんだ。ただ寝てるだけなら、俺は一人でも別に」

言いかけると、低い声でさえぎられた。

「——怒るよ」

絢人は、本当に怖い顔をしていた。

「いったい、俺をなんだと思ってるんだ？　お客さんか？　俺たちは家族だろう、つらいときに一緒にいなくてどうするんだよ！」

おいたをして、絢人に尻をペンペン叩かれ泣き叫ぶ美里の姿が頭に浮かんだ。自分は言葉でそれをやられている、と思った。じつに怖い。克己は言い逃《のが》れのように口を挟《はさ》んだ。

「だけど、美里は」

「美里も納得してるよ」

そう口に出して、絢人は尖《とが》っていた目をふと和《なご》ませた。

「病気のパパを一人残してくなんてかわいそう、だって。お父さんが来なくても美里は大丈夫だから、って。それで、早瀬さんに連絡して替わってもらったんだ。……愛情をたっぷり受けて育った子は、わがままになんかならないんだな。自分が大事にされたぶんだけ、人を大事にする子になってくれた」

克己のおかげだよ、と絢人は真顔で言った。

「俺が独りでカリカリ育ててたら、美里は萎縮《いしゅく》して、人に優しくする余裕なんてない子に育ったかもしれない。……だから、たまにはピーマン食べてやってもいいよ」

最後は笑いにまぎらせて、寝室を出て行った。

やがて絢人は湯気の立つ碗《わん》を盆に載せて戻ってきて、首をすくめてみせた。

「レトルトを温めただけで悪いけど。朝からバタバタしてたもんで」

克己に文句のあろうはずはなかった。枕を重ねてもらって体を起こし、盆ごと受け取って、陶器のれんげでハフハフと口に運ぶ。添えられた古漬《ふるづ》け高菜の酸味が食欲を呼び戻したのか、思ったより腹におさまった。

絢人は食器を下げると、洗面器とタオルを持ってきた。体を拭いてくれようというのだろう。いつもは自分が脱がすのにと思うと、絢人の手で脱がされるのは面映《おもは》ゆかったが、克己はおとなしく赤ん坊扱《あつか》いに甘んじていた。下手《へた》に遠慮して、また怒られてはたまらない。

裸にした克己の背中を熱いタオルで拭《ぬぐ》いながら、絢人はぽつりとこぼした。

「じつは、俺も反省してるんだ」

何のことかと振り向くと、瞳に激しいものを湛《たた》えて見返してきた。

「会社の経営には口出ししちゃいけないと思って我慢してたけど、無理をするのを黙って見てるなんて、水くさいよな。うるさがられても、出すぎてると思われても、これからは、克己が無茶してると思ったら止めるよ。それで喧嘩《けんか》になったってかまわない」

——俺が連日飛び回っていても何も言わなかったのは、自分の立場を考えて控《ひか》えていたのか。俺ときたら、それをいいことに、家族と自分自身を粗末にしていたんだな。

克己は面目《めんぼく》ない思いで、深くうなだれた。

前に回って肩から胸を拭いながら、絢人はしみじみと言い添えた。

「克己だって、もう若くはないだろう。四十にもなったら、そうそう無理は利《き》かないんだよ」

「まだ三十九だ」

克己はむっとして言い返したが、そこでふと考え込んだ。

三十代と四十代では、たしかにずいぶん響きが違う。ただ「若くはない」だけではなく、社会的にも家庭的にも重い責任を負う年代なのだ。その点においては、昨夜の銀行家の言ったことも、あながち的はずれではない。結婚など論外だが、家族に対して責任のとれる男でありたい、と思った。そして、そのための思案はないでもなかったのだ。

克己が思いにふけっている間に、絢人は手早くパジャマを着せかけてくれた。食事をし、汗じみた衣類を着替えると、だいぶ気分がしゃんとしてきた。克己は、前々から考えていたことを、この機会に絢人に持ちかけようと決めた。

「なあ。俺たち、ほんとの家族にならないか」

「ほんとのって、何だよ」

絢人は脱がせたものを片づける手を止めて、いくらか硬い声で訊《き》き返《かえ》してきた。

「籍を入れて、同じ苗字になるんだ。……日本じゃ、まだ同性婚は認められてない。養子縁組しか手がないが」

「籍なんて、どうでもいいじゃないか」

気を立てたように跳ね返してくる。克己はストレートに言った。

「おまえと美里を俺の相続人にしておきたいんだ」

はっと目を瞠《みは》った後で、絢人はどこか神経質な笑い声を上げた。

「……病気したことのないヤツはこれだから。なに弱気になってんの」

まあ座れ、と促《うなが》しておいて、克己は考え考え話し出した。

「久しぶりにおふくろのことを思い出してな。臨終の床《とこ》で、弟と妹を頼む、と言われたんだ。で、俺が働いて二人とも学校を出して、ちゃんとした職につかせてる。兄貴としての責任は果たした。だから、権利問題は起きないと思うが……。身内だけならともかく、それぞれ付くものが付きゃ考えも変わるだろう」

眉《まゆ》をひそめて聞いていた絢人は、こともなげに言い切った。

「俺は、克己の遺産なんかあてにしないよ。ちゃんと自分で食っていける」

克己はこんこんと説き伏せた。

「財産だけの問題じゃない。今のままじゃ、おまえは単なる同居人だ。美里の手術のときは、おまえが同意書にサインした。親だからな。だが俺に何かあったとき、おまえは法的には何もできない。俺のいう権利ってのはそういうことだ。……俺の葬式から、おまえたちが締め出されるってこともあるだろう。家族として悲しむ権利、別れを告げる権利さえ、今のままじゃ保証されないんだぞ」

絢人は頬をこわばらせた。もう笑いごとにしようとはしない。しんとした沈黙が落ちた。克己の思いを咀嚼《そしゃく》しているかのような長い沈黙だった。克己は急《せ》かさなかった。

唐突に、絢人は口を開いた。

「それでも俺は」

言いさして唇を噛む。優しい顔だちに似合わぬ強靱《きょうじん》なものが生じた。甘やかで繊細《せんさい》な容貌《ようぼう》も、三十を越えていくらか翳《かげ》りを帯びている。克己の目には、それがいっそう艶《なま》めかしく映《うつ》る。

絢人は一つ溜め息をついて、投げ出すように言った。

「俺は、一度しくじってるから」

「しくじった――？」

「結婚に失敗してるだろう。だから……そういう枠《わく》というか、形に収まる自信がない」

花苗との結婚生活は、克己が気にするのとはまた別の形で、絢人にもこだわりを残していたのか、と思った。永遠の愛を誓《ちか》い、子までなした相手と添い遂げることができなかった。そのつまずきが、新たな誓いをためらわせるのだろうか。二人の破局は、どちらが悪いというより、相性とタイミングの問題だという気がするのだが。

そんな絢人の傷をかばうように、克己はゆっくりと言い聞かせた。

「むりやり形を整えようというんじゃない。血が繋《つな》がってなくても、俺は美里を自分の子だと思ってるし、結婚という形にできなくても、おまえを生涯の伴侶《はんりょ》だと思ってる。その気持ちが、世間の型枠につぶされるようなことにはしたくないんだ。……気持ちを守るために形があると思ってくれればいい」

そして、まだ納得しない表情の絢人に向かって、例によってセクハラめいたたとえを持ち出した。

「気持ちを確かめるためにカラダがある、というのと同じようなものさ。極端に言えば、カラダはどうでもいいんだ。そりゃ、俺はいつだっておまえを抱きたい。だけど抱かなくたってかまわないこともある。そうだろう」

美里と離れている不安からか、声を殺して泣く絢人を、背後からただじっと抱き締めていた。何もせず、体温を感じているだけでも心は溶け合っていた。あの時間を、絢人にも思い出してほしかった。

絢人はスツールにかけたまま、じっと膝に目を落としていた。やがて、その肩からこわばりが抜けた。くぐもった声で言う。

「ほんとに俺でいいの」

克己は大急ぎで請《う》け合《あ》った。

「美里じゃないが、『で』じゃなくて『が』だぞ。俺はおまえがいいんだ」

色白の頬に血の色がのぼり、瞳が潤《うる》んだかと思うと、こくりとうなずく。克己はほっと息をつき、おずおずと申し出た。

「養子縁組では年長者が親になるきまりらしいから……俺が親でいいかな?」

「克己に任せる」

絢人はきっぱり言って、ふっと口もとを緩《ゆる》めた。

「登記簿を自分で書いて、愛人契約の書式まででっちあげる人だから、任せていいよね」

そして何か思いついたらしく、いたずらっぽい表情になった。

「知ってる?」

首を傾けて、克己の顔をのぞき込んでくる。

「日本の法律じゃ、たとえ義理でも、親子の間で性的関係はダメなんだよ」

「えっ?」

目を白黒する克己に向かって、絢人はいかめしい調子で宣告した。

「倫理的に許されないだろう。仮にも親という立場で、子にあたる者に手を出すなんて」

――ええと、それはつまり……？

「カラダはどうでもいいって言ったよね？」

絢人は思わせぶりに語尾を上げた。

「いや、それは」

へどもどしていると、さらに意地悪く追及してくる。

「七十歳だと思えば我慢できるだろう」

――そうだ、こいつはけっこう底意地の悪いところがあったんだ。

たまらなくなって、克己は痛む喉で大声を上げた。

「俺はそこまで枯れてないっ」

絢人はくすっと笑い、身をかがめてきた。

「枯れちゃってても好きだよ」

熱でひびわれた唇に、軽いキスがくすぐったい。すぐに離れた絢人は、首をかしげている。

「がさがさでちっともよくないなあ。治ったら、倍にして返せよ」

そう嘯《うそぶ》いたかと思うと、ぺろっと唇を舐《な》めて言い直した。

「いや。十倍くらいは返してもらわないと」

克己はごくっと唾《つば》を呑んだ。喉の痛みは軽くなっているような気がする。しかし熱の方は、またいくらか上がってきたらしい。そしてその熱が、別の熱に移行しそうな気配がした。

「なあ。もういっぺん」

そう言って、自分の唇をつついてみせる。

「おまえにしてもらうと、なんだか少し良くなったような気がするんだ」

掠《かす》めるようなキスでは物足りなくなっていた。痛いほど熱く、むさぼりたい。だがその魂胆《こんたん》を見透かしたように、絢人はとり澄ました顔で突っぱねた。

「だめ。俺にうつると美里にもうつる」

克己は悔《くや》し紛《まぎ》れに脅《おど》しをかけた。

「そのうち百倍にして返してやる。腰が抜ける覚悟はしておけよ」

「楽しみにしてるよ」

絢人はさらりと返したが、そのまなざしに何ともいえない情感が漂《ただよ》った。克己の額にぶわっと汗が噴き出す。絢人はいそいそとタオルで額を拭った。

「汗をいっぱいかくと、風邪が抜けるんだ」

——それが目的で挑発してるんじゃあるまいな。

憮然《ぶぜん》としていると、

「汗になったままじゃよくないから、もう一度、パジャマを替えようか。替えはいくらでもあるからね」

絢人は洗面器の湯を換え、パジャマをタンスから出し、甲斐甲斐《かいがい》しく立ち回る。こんなに世話を焼きたがるのは、美里についていかなかったことで絢人も少し寂しいのではないだろうか。そう思うと、胸の奥がちくりと痛んだ。

パジャマの下を脱がせたとき、絢人はトランクスのゴムをくいと持ち上げた。

「こっちもやっとこうか」

さっき飛ばしたところを拭いてくれようというのだ。克己は甘えて「ああ、頼む」と応じたが、下着をずり下ろされると急に気恥ずかしくなった。

日常、その部分に触れられることも口に含まれることも、もっと濃密な接触もしているのに、拭き清められるのにはなぜか抵抗がある。もぞもぞしているうちに、そこにわずかな異変が起こった。ますます恥ずかしい。

しかし絢人は、いとしそうにその変化を眺め、すっと顔を落としてきた。

「あした元気になあれ」

そのまじないとともに、ちゅっと音を立てて先端に口づけられる。ぴくっと反応したそれを絢人は顔を赤らめて下着に押し込み、後は黙々と着替えをさせてくれた。

薄く糊付《のりづ》けした綿のパジャマは、しゃりっとして、汗ばんだ肌に心地よい。水枕の氷水も入れ替えられて、頭の下でいくらかごろごろする。それが完全に溶けるころには、すっかり調子を取り戻しているだろうと思った。克己はすぐに眠りに落ちた。

ときどきドアが開いて、絢人が様子をうかがう気配がしたが、克己は安心しきって、もう目も開けなかった。

深い満ち足りた眠りを破ったのは、かん高い子供の声だった。

「ただいまー！　パパはだいじょうぶ？　さびしくなかったあ？」

とたとたと軽い足音が階段を上がってくる。克己は「ばあ！」と驚かしてやるために、布団に深く潜《もぐ》った。

あとがき

いつき朔夜

こんにちは、いつき朔夜です。二冊めの文庫が出て、天にも昇る心地です。

文庫としては二冊めですが、この本の表題作「コンティニュー?」は、私の記念すべき雑誌デビュー作です。

投稿作品だったので何かと至《いた》らぬところがあるだろうと、文庫化するにあたって少し手を入れようとしたのですが。……「少し」では済みませんでした。結局、三割くらい増量してしまいました。書いている自分だけがわかっている、という箇所《かしょ》がわんさかありまして。手を加えたことで、少しは読みやすくなっているといいのですが。


さて、作中に「彼の人生も順風満帆《じゅんぷうまんぱん》ではなかった」とありますが、私は、山あり谷ありの人生を書くのが大好きです。また、「人間万事塞翁《さいおう》が馬」「捨てる神あれば拾う神あり」という言葉もお気に入りです。

じつは私、デビュー直前の秋に、自宅の庭先から下の用水路に転落するという事故に遭《あ》っているのです。「ああ、これはダメだな」とひどく冷静な気分で落ちていったのを覚えています。

用水路といっても、水深はわずか五センチ。ショックを吸収してくれるわけがありません。

四メートルの高さから、もろにコンクリートに叩きつけられたも同じでした。

それでも何とか自力で這《は》い上《あ》がったのですが、道路にしゃがみこんだまま身動きできなくなってしまいました。

そこは小学校の通学路にあたっていて、登校途中の小学生たちがびっくりして集まってきました。それで、「お願い。誰か大人を呼んできて」と頼んだのですが、このご時世で警戒しているのか、遠巻きに見ているばかりです。そうこうするうち、近所の人が気づいて、救急車を呼んでくれました。

おかげで助かったのですが、おろしたてのセーターで外出しようとしていたところだったので、救急隊員の方に「服、切りますよ」と言われたときは実に無念でした。でも、身動きできず、脱衣もできない状態だったので、否《いや》も応もなかったのです。

セーターよりもっと惜しかったのは、フロッピーディスクです。どこへでも持って回っていたFDケースの中には、書きかけの小説が入ったものもありました。それが鞄《かばん》から投げ出されて水浸《みずびた》しになり、データが全部吹っ飛んでしまったのです。こつこつ書き溜めたアイディアも、それこそ水の泡。それ以来、パソコンを使うようになってこまめにバックアップをとるようになったのは収穫ですが、デビュー後になに一つネタがないというのは、本当に心細いものでした。

そういうこともあって、デビューはさせていただいたものの、続けていけるのかという不安は常につきまとっていました。自分には長いものは書けないという思い込みもあったのです。

「だって、二人がラブラブになっちゃったら、それで終わりだもの」

そうとは限らない、ということがわかったのは、「リロード!」を書いたおかげです。

「できあがった二人の後日談ってのもあっていいんだ」

目からウロコでした。

恋が成就《じょうじゅ》した後も人生は続いていくし、恋に落ちる前にも人生はあった。そう考えると、長い物語を書くことが、だんだん苦にならなくなりました。

でも今度は短いものが書けなくなって（つくづく不器用）、書き下ろしの「エンディング。」にはたいへん苦労しました。

といった次第で、この一冊の中に私のデビュー以来の歩みや思い出が詰まっているようで、非常に感慨《かんがい》深いものがあります。お話の進行とともに成長していく「美里《みさと》ちゃん」を書けたのも、楽しい経験でした。では自分はどれだけ成長したのかというと、心もとないのですが。

受賞のお電話を受けて舞い上がったのが、つい昨日のことのような気がします。そのときはすでに退院して家に戻っていたのですが、打ちどころが悪くてまだ入院中だったりしたら、この時期のデビューはお流れになったかも？　と思ったりもします。本当に、運ってあるものだな、としみじみ感じます。
この本の発刊にさいして多くの方々のご助力をいただけたのも、幸運の賜物《たまもの》と感謝していま
す。かかわってくださった全ての方々——編集部をはじめ新書館ご一同さま、文庫化にあたっ
て挿絵《さしえ》を引き受けてくださった金《かね》ひかる先生、そしてこの本を手に取ってくださった皆さまに
も、心からの感謝とともに、すばらしい幸運が訪れますようにと願っております。

(付録)みさとのにっき

6がつ14にち

きょう、がっこうで、「わたしのおとうさん」というさくぶんをかきました。
のだせんせいは、さくぶんをかえすとき、
「こんどかていほうもんにいくときは、パパのほうにあってみたいわ」
といいました。
みみのとこでこしょこしょいったので、くすぐったかったです。
あけてみたら、はなまるが、ついていました。
うれしいので、にっきにはります。

『わたしのおとうさんたち』　一ねん二くみ　あそうみさと
わたしには、おとうさんが三にんいます。

はじめからのおとうさんと、あとからきたパパと、ママとけっこんしたファータです。

ファータはおいしゃさんで、ママにもわたしにも、とてもやさしいです。

パパはゲームのかいしゃのしゃちょうで、おとうさんはゲームのえをかくしごとをしています。

ふたりはとてもなかよしです。

でも、ときどきけんかをします。

たいていパパがあやまります。

パパのほうがずっと大きくてつよいのに、どうしておとうさんにまけるのか、わたしはとてもふしぎです。

6がつ30にち

きのうのよる、おしっこにおきたら、パパとおとうさんがおはなししていました。

おとうさんは、ないたみたいなかおをしていました。

おとうさんはなかない、とおもっていたから、びっくりしました。

「おとうさんをいじめちゃだめ」

といって、パパをにらんだら、

「いじめてないよ。そのはんたいだ。けんとは、パパのこどもになったんだよ」

といいました。

「おとうさんがパパのこどもなら、みさとはまごでしょ。それじゃパパは、みさとのおじいちゃんになったの」

というと、おとうさんは、ころげてわらいました。

「あるいみ、のぞみがかなったね」

といって、パパのせなかをたたきました。

みると、パパとおとうさんは、おそろいのゆびわをしていました。

「それなあに」ときいたら、「なかよしのしるし」といいました。

「みさともほしい」といったら、おとうさんが、

「みさとは大きくなったら、おとうさんよりもパパよりもママよりもファータよりも、なかよしな人ができて、その人とおそろいのゆびわをするんだよ」

といいました。

そうしたら、こんどはパパのかおが、ないたみたいになりました。

なかなか、もとにもどりませんでした。

やっぱり、パパのほうがよわむしです。

コンティニュー?

この本を読んでのご意見、ご感想などをお寄せください。
いつき朔夜先生・金ひかる先生へのはげましのおたよりもお待ちしております。
〒113-0024 東京都文京区西片2-19-18 新書館
[編集部へのご意見・ご感想] ディアプラス編集部「コンティニュー?」係
[先生方へのおたより] ディアプラス編集部気付 ○○先生

初 出
コンティニュー?:小説ディアプラス04年フユ号(vol.12)掲載作に加筆、修正
リロード!:小説ディアプラス04年ナツ号(vol.14)
エンディング。:書き下ろし
(付録)みさとのにっき:小説ディアプラス04年フユ号(vol.12)「コンティニュー?」から抜粋、加筆

新書館ディアプラス文庫

著者:**いつき朔夜** [いつき・さくや]
初版発行:**2006年5月25日**

発行所:**株式会社新書館**
[編集] 〒113-0024 東京都文京区西片2-19-18 電話(03)3811-2631
[営業] 〒174-0043 東京都板橋区坂下1-22-14 電話(03)5970-3840
[URL] http://www.shinshokan.co.jp/
印刷・製本:**図書印刷株式会社**

定価はカバーに表示してあります。乱丁・落丁本はお取替えいたします。
ISBN4-403-52133-9

ディアプラス文庫

好評発売中

榊 花月 Kazuki SAKAKI
「ふれていたい」イラスト／志水ゆき
「いけすかない」イラスト／志水ゆき
「でも、しょうがない」イラスト／金ひかる
「ドースル？」イラスト／花田祐実
「ごきげんカフェ」イラスト／二宮悦巳
「風の吹き抜ける場所へ」イラスト／明森びびか
「子どもの時間」イラスト／西河樹菜

桜木知沙子 Chisako SAKURAGI
「現在治療中【全3巻】」イラスト／あとり硅子
「HEAVEN」イラスト／麻々原絵里依
「あさがお～morning glory～【全2巻】」イラスト／門地かおり
「サマータイムブルース」イラスト／山田睦月
「愛が足りない」イラスト／高野宮子
「教えてよ」イラスト／金ひかる
「どうなってんだよ？」イラスト／麻生 海

篠野 碧 Midori SASAYA
「だから僕は溜息をつく」
「続・だから僕は溜息をつく BREATHLESS」
イラスト／みずき健
「リゾラバで行こう！」イラスト／みずき健
「プリズム」イラスト／みずき健
「晴れの日にも逢おう」イラスト／みずき健

新堂奈槻 Natsuki SHINDOU
「君に会えてよかった①～③」（③のみ定価630円）イラスト／蔵王大志
「ぼくはきみを好きになる？」イラスト／あとり硅子

菅野 彰 Akira SUGANO
「眠れない夜の子供」イラスト／石原 理
「愛がなければやってられない」イラスト／やまかみ梨由
「17才」イラスト／坂井久仁江
「恐怖のダーリン♡」イラスト／山田睦月
「青春残酷物語」イラスト／山田睦月
「なんでも屋ナンデモアリアンダードッグ①②」
イラスト／麻生 海

五百香ノエル Noel IOKA
「復刻の遺産～THE Negative Legacy～」イラスト／おおや和美
「MYSTERIOUS DAM!①骸谷温泉殺人事件」
「MYSTERIOUS DAM!②天秤座号殺人事件」
「MYSTERIOUS DAM!③死神山荘殺人事件」
「MYSTERIOUS DAM!④死ノ浜伝説殺人事件」
「MYSTERIOUS DAM!⑤鬼首峠殺人事件」
「MYSTERIOUS DAM!⑥女王蜂殺人事件」
「MYSTERIOUS DAM! EX 青い方程式」
「MYSTERIOUS DAM! EX2 幻影旅籠殺人事件」
イラスト／松本 花
「罪深く潔き懺悔」イラスト／上田信舟
「EASYロマンス」イラスト／沢田 翔
「シュガー・クッキー・エゴイスト」イラスト／影木栄貴
「GHOST GIMMICK」イラスト／佐久間智代

いつき朔夜 Sakuya ITSUKI
「GIトライアングル」イラスト／ホームラン・拳
「コンティニュー？」イラスト／金ひかる

うえだ真由 Mayu UEDA
「チープシック」イラスト／吹山りこ
「みにくいアヒルの子」イラスト／前田とも
「水槽の中、熱帯魚は恋をする」イラスト／後藤星
「モニタリング・ハート」イラスト／影木栄貴
「スノーファンタジア」イラスト／あさとえいり
「スイート²・バケーション」イラスト／金ひかる

大槻 乾 Kan OHTSUKI
「初恋」イラスト／橘 皆無

おのにしこぐさ Kogusa ONONISHI
「臆病な背中」イラスト／夏目イサク

久我有加 Arika KUGA
「キスの温度」イラスト／蔵王大志
「キスの温度② 光の地図」イラスト／蔵王大志
「長い間」イラスト／山田睦月
「春の声」イラスト／藤崎一也
「スピードをあげろ」イラスト／藤崎一也
「何でやねん！【全2巻】」イラスト／山田ユギ
「無敵の探偵」イラスト／蔵王大志
「落花の雪に踏み迷う」イラスト／門地かおり（定価630円）
「わけも知らないで」イラスト／やしきゆかり
「短いゆびきり」イラスト／奥田七緒

DEAR+ CHALLENGE SCHOOL

＜ディアプラス小説大賞＞

募集中！

◆賞と賞金◆

大賞◆30万円

佳作◆10万円

◆内容◆

ボーイズラブをテーマとした、ストーリー中心のエンターテインメント小説。ただし、商業誌未発表の作品に限ります。

◇第四次選考通過以上の希望者には批評文をお送りしています。なお応募作品の出版権、上映などの諸権利が生じた場合その優先権は新書館が所持いたします。

◇応募封筒の裏に、**［タイトル、ページ数、ペンネーム、住所、氏名、年齢、性別、電話番号、作品のテーマ、投稿歴、好きな作家、学校名または勤務先］**を明記した紙を貼って送ってください。

◆ページ数◆

400字詰め原稿用紙100枚以内（鉛筆書きは不可）。ワープロ原稿の場合は一枚20字×20行のタテ書きでお願いします。原稿にはノンブル（通し番号）をふり、右上をひもなどでとじてください。なお原稿には作品のあらすじを400字以内で必ず添付してください。

小説の応募作品は返却いたしません。必要な方はコピーをとってください。

◆しめきり◆

年2回　**1月31日/7月31日**（必着）

◆発表◆

1月31日締切分…ディアプラス7月号（6月14日発売）および
小説ディアプラス・ナツ号（6月20日発売）誌上

7月31日締切分…ディアプラス1月号（12月14日発売）および
小説ディアプラス・フユ号（12月20日発売）誌上

◆あて先◆

〒113-0024　東京都文京区西片2-19-18

株式会社 新書館 ディアプラス チャレンジスクール〈小説部門〉係